渋谷瑞也
illustration ◇ Bcoca
ヒロイン100人
好きにして？
100 Heroines at Your Command?
JN166917

「何でも分かるぞ！……女心以外なら」
空木夜光《うつぎ やこう》
学園一の天才。童貞であることを無駄に気にしている。持ち前の頭脳と優しさでヒロインたちの問題を解決するが、その解法は毎回力技だったりする。
「あいしてるよ。夜光さま？」
ベルカ・アルベルティーネ
魔女。好きなものは夜光さま。嫌いなものはクソ労働。愛情深いがその分嫉妬深く、基本的に夜光の行動は全て監視している。得意技はネットストーキング。

「私は一度も、別れてくれなんて言った記憶はないけどな……」
六条・リーズレット・紅羽
ろくじょう・りーずれっと・くう
夜光の元カノ。全ての元凶で、誰より華のある女。ミステリアスかつ優美な仕草で夜光を魅了する。その笑みに隠された想いと、秘密とは──？
「あ、あんまり見ないでほしいぞ。夜光氏……」
星街莉々
ほしまち りり
小動物系天才ゲーマー。臆病で人と話すのが大の苦手。だけど一度心を許すと、どんどん距離が近くなる。誰にも内緒の『ヒミツの姿』を持っている。
「受け止めてくださいねっ、夜光さん！」
藤川夏澄
ふじかわ かすみ
女子野球部エースのアスリートっ娘。最速は140キロ。人懐っこくって犬っぽいが、マウンド上では超強気。その分、好きな人の前では超甘えたい願望アリ。

「――会いたかった。空木、夜光さま」

「全部だめ。夜光さまはわたくしと同じ墓に入るの」
「重い重い重い……。お前だけ重すぎるだろ……」

「夜光さん夜光さんっ！
あたしとバッテリー組みますよねっ⁉」
「……夜光」
「や、夜光氏。わたしに
お勉強教える約束は……？」
数学I

CONTENTS

デザイン◎鈴木 亨

ヒロイン100人好きにして？

100 Heroines at Your Command?

渋谷瑞也

illustration◊Bcoca

Episode1 百姫夜行

ベルカ・アルベルティーネは十七歳。引きこもりの魔女《まじょ》である。

ついでに言うと無職でもあり、行《い》き遅《おく》れの魔女《まじょ》でもあった。

魔女学校《まじょがっこう》を卒業して早一年。名家であるアルベルティーネ家の親の脛《すね》にかじり付き、自室に籠《こ》もってネットサーフィンをしまくるだけの日々を満喫《まんきつ》していたけれど、とうとうそのモラトリアムにも終わりが訪《おとず》れた。

親がマジギレしたのである。

「ベェエルカぁ――――ッ！　いい加減部屋から出て働きなさいっ！」

どごん、どごん、と凄《すさ》まじい勢いでドアを殴られ、ベルカは冷《ひ》や汗《あせ》を流す。

「お、お母様。落ち着いて。近所迷惑《きんじょめいわく》」

「おまえの存在より迷惑《めいわく》なものなどありません！　昔からロクに外にも出ないでッ」

どごん！　と一際《ひときわ》強い拳《こぶし》がドアに轟《とどろ》く。

「――そんなだから一人前の魔女《まじょ》にもなって、男のひとりも抱《だ》けない処女なのです！」

うぐぅっ、とボディに入ったようにベルカが唸《うな》った。

「しょっ、処女なのとヒキニートなのは関係ない！」

こんな下世話なことを親が言ってくるなんて、これだから魔女《まじょ》って生き物はデリカシーがなくてイヤなのだ。人間界だったらきっと品がないとか、痴女《ちじょ》だとか言われてる。

だけどここは魔女界《まじょかい》――男女の貞操観念《ていそうかんねん》が人間界とは逆の世界だから、仕方ない。

「もう、我慢《がまん》なりません。おまえにはどうあっても働いてもらいます！」

「え」

「我《わ》が家《や》で選んだ騎士《きし》と契約《けいやく》させます。すぐに【百姫夜行《ひやっきやこう》】へ向かいなさい」

ベルカが浅く息を呑《の》んだ。

「そっ……それだけは、絶対に嫌《いや》！　わたくしは騎士《きし》なんて、」

打って変わって、母が控《ひか》えめにノックする。

最上級の防御魔法《ぼうぎょまほう》を掛《か》けていたドアが、どろどろの飴《あめ》みたいに融《と》けてしまった。

「――三日のうちに家を出なさい。さもなくば、部屋ごと火葬《かそう》しますからね」

というわけで、まずいことになった。

働くか死ぬかだ。どっちも嫌《いや》だ。

「き、騎士《きし》と契約《けいやく》……っ」

騎士《きし》とは、人間界での仕事のために現地で組む、人間のビジネスパートナーのことだ。

なんだそれならいいじゃん、と思うかもしれないが、そんなことはない。

だってその仕事には——えっちなことも、がっつり含《ふく》まれているから！

「い、家が選んだ、好きでもない騎士《きし》となんて、無理……！　絶対、嫌《いや》……！」

もちろん、自分だって年頃《としごろ》の魔女《まじょ》だ。そういうことへの興味はある。っていうかナイショだけど実は人三倍ある。いつまでも処女煽《しょじょあお》りされるのだって、やっぱり気にしている。

だけど嫌《いや》なものは、やっぱり嫌《いや》だ。

「……そういうのは本来、好きな殿方《とのがた》とだけ致《いた》すもの……」

ネットサーフィンで人間界の価値観に寄《よ》ったベルカは、魔女界《まじょかい》の考えには馴染《なじ》めない。

普通《ふつう》に恋《こい》がしたい。

家が選んだとかでなく、自然に運命のお相手と出会いたい。

蕩《とろ》けるような恋《こい》をして、お仕事を超《こ》えた真の関係性を結べる相手と契《ちぎ》りを交《か》わしたい——。

「…………はぁ。ばかげてる……」

そう夢見る一方で、ベルカは諦《あきら》めてもいた。

今まで人間界を覗《のぞ》いていても、ぴんとくる相手なんてどこにもいなかった。そもそも漫画《まんが》やゲームで遊んでいるだけで十分満足な自分が、恋《こい》に落ちるなんて想像もできない。

……できないけれど、せめて足掻《あが》かないと。

このままいくと、親の選んだ騎士《きし》と契約《けいやく》させられベッドインだ。

ベルカは目の前にある巨大《きょだい》な鏡に手をかざし、魔力《まりょく》を込《こ》めて【バディーズ】と唱える。

すると鏡一面に、沢山《たくさん》の男の顔写真とプロフィールがずらりと表示された。

おー、とベルカが嘆息《たんそく》する。

「これが噂《うわさ》の、騎士《きし》マッチングアプリ……」

【バディーズ】はマジカルアプリの名前だ。魔女界《まじょかい》ではまだ敬遠されがちな新しい文化だが、輸入元の人間界ではアプリでの出会いなんて当たり前になっている。

とりあえず、これをやってみよう。

そして騎士候補《きしこうほ》は自分で探してますからと、母に行動実績を土下座してアピールしよう。

「それであと一年ぐらい、モラトリアムの延長を……」

とことん働きたくない十七歳。それがベルカ・アルベルティーネという魔女《まじょ》である。

アプリでの出会いなんて、期待してない。

恋《こい》なんて嗜好品《しこうひん》は、わたくしのような魔女《まじょ》には、一生縁《えん》がないんだから――。

「……フィルタ条件、入力」

細い指先が虚空《こくう》をタイプする。

微《び》に入《い》り細《さい》を穿《うが》ち、百をも超《こ》える理想の騎士《きし》の条件が、ずらずらっと入力されていった。

やがて完成した条件リストを眺《なが》めて、ベルカは失笑《しっしょう》すると、

「こんな夢みたいな騎士《きし》、居るわけない」

投げやりに確定キーを押した。

——条件に合致《がっち》する殿方《とのがた》が　1名　見つかりました。

「………えっ？」

ベルカは一枚だけ表示されたプロフィールカードを開くため、鏡にタッチしてみる。

すると甘い電流が指先から走って、ベルカの心臓をとくんと揺《ゆ》らした。

「——あ。……す、すき…………！」

勝手に溢《あふ》れて言葉になる。一度も知らないこの気持ち。

ベルカは天啓《てんけい》のように、それが『一目惚《ひとめぼ》れ』だと悟《さと》っていた。

もしもこの方と契《ちぎ》れるのなら、【百姫夜行《ひゃっきやこう》】とかいう影魔女《シャドウ》を百匹狩《ひゃっぴきか》るまで帰れないクソ労働にも耐《た》えられるかも！

ベルカは跳《は》ねる心臓を両手で押さえ、陶然《とうぜん》と彼の名前を呟《つぶや》いた。

「——空木《うつぎ》、夜光《やこう》さま」

予感がする。この方はきっと、歴史に名を残す騎士《きし》になる。

百人の女の子を抱《だ》いて救った伝説の男として、二つの世界に浮名《うきな》を流すことになる——。

「えっ、まだ童貞《どうてい》なの……？」

けれどそれはまだまだ、先のおはなし。

☾

「…………ん？　今誰《だれ》か、呼んだか？」

ぱたん、と本を閉じ、俺は自席で教室を見回す。

放課後の星蘭高校《せいらんこうこう》二年A組の教室には、俺と友人以外誰《だれ》もいない。本に集中している間に、みんな下校してしまったらしい。

「……気のせいか？」

「呼んだぞ。天才くん」

そうからかってくるのは、我《わ》が校《こう》一のイケメン——来栖湊《くるすみなと》だ。

『自由闊達《じゆうかったつ》』の校風で有名なうちの学校は制服をいくら着崩《きくず》してもよく、おしゃれ好きな湊《みなと》は今日も「ほぼ私服だろそれ」って格好で着飾《きかざ》っている。

モデルみたいにカッコいいやつ。でもカッコよければ何を言ってもいいわけじゃない。

「その呼び方はやめろ。俺は天才なんかじゃない」

「ほーお。こんな成績、見えるように落としといてそれ言うか？」

湊《みなと》が一枚の紙をひらひら振《ふ》る。

「……あ。すまん。捨てといてくれ」

昨年末俺が受けた『全校一斉学力テスト《ぜんこういっせいがくりょくテスト》』の結果用紙だ。

毎年学年末に行われる超進学校《ちょうしんがくこう》・星蘭高校《せいらんこうこう》の名物行事で、対象は全科目かつ全範囲《ぜんはんい》。テスト順位は学年を考慮《こうりょ》せずつけるという、いわば学力無差別級大会だ。

「――おいおい。全教科満点のテスト、捨てといてはねーだろ⁉」

俺はその大会で優勝した。学力は校内一ということになるが……、
たかがそれだけのことである。

「ふんっ。そんなもんただの紙切れだ。欲しけりゃやるぞ」

「いらねーよ、ヤなヤツだなー。なーんでそんなイヤミに言うんだよ？」

俺はぶすっと唇《くちびる》を尖《とが》らせる。

「……だって、いくら勉強できたって、モテなきゃ虚《むな》しいだけじゃないか……」

湊《みなと》が「へえっ？」と間抜《まぬ》けに驚《おどろ》く。

「え……夜光《やこう》ちゃんって、女に興味あんの？」

「はあ……？　当たり前だろ。性欲滾《たぎ》る男子高校生だぞ、俺は」

「えー、マジ⁉　おいおいそーいうの話せんだ⁉」

湊《みなと》が途端に嬉《うれ》しそうに笑う。

「意外だわ。てっきり『恋愛《れんあい》なんてくだらん』みてーなこと言うのかと」

「なわけないだろ。俺を何だと思ってるんだ？」

「女より数式、的なさあ。天才って素数で興奮すんだろ？」

「しない！　……こともないけど。1,234,567,891が素数なのって興奮しない？」

「しねーよ。やっぱ違《ちげ》えなあ天才は」と湊《みなと》は笑う。

だから違《ちが》うというのに。持ち上げられるのは据《す》わりが悪くて、とても嫌《きら》いだ。

「なあ湊《みなと》。俺はお前が思うような高尚《こうしょう》な人間じゃないんだぞ。人生で一番悩《なや》んでいることだって、すごく凡俗《ぼんぞく》だ」

「え？　何だよそれ、言ってみ？」

「……う。いや……その、だな。……実は、俺は……」

打ち明けるのは、正直恥《は》ずかしい。

だけどこれを伝えるのが、俺という人間を理解するのに最も手っ取り早いだろう。


「——俺は童貞《どうてい》であることが、人生最大の悩《なや》みなんだ……！」


まるで時間が停《と》まったみたいに、湊《みなと》が固まって動かなくなる。

だけど数秒後、理解が追いついた湊《みなと》は「ぶはっ」と吹《ふ》き出《だ》しやがった。

「貴様ぁっ⁉　男一匹《おとこいっぴき》が命を賭《か》けて訴《うった》えているのに、笑うとは何事だ⁉」

「わ、わりわり、バカにしてるわけじゃねーんだよ！　マジで！　男の一大事だよな、そりゃ……………分かってんだけど」

湊《みなと》はもう一度口元を押さえて吹《ふ》き出《だ》した。

「お前みたいなすげーヤツが、そんなしょーもないことで悩《なや》むかあ？」

「しょーもないことは何だ、しょーもないこととはっ⁉」

ばーんと机を叩《たた》いて立ち上がる。

「そりゃあ湊《みなと》からすればしょーもないことかもしれないさ！　だけど俺からすれば、ミレニアム懸賞問題《けんしょうもんだい》よりも遥《はる》かに難問なんだよ！」

「んな大袈裟《おおげさ》な……」

「大袈裟《おおげさ》じゃない。いいか？　確かに巷《ちまた》では『空木夜光《うつぎやこう》は天才だ』なんて持《も》て囃《はや》されているかもしれん。だがその後ろに『だが童貞《どうてい》だ』と付けてみろ！　途端《とたん》に滑稽《こっけい》になるだろう⁉」

「いーじゃんそれでさあ。このうえ女まで抱《だ》いてたら、夜光《やこう》ちゃんすっげえ嫌《いや》なヤツよ？」

「知らん！　嫌《いや》なヤツでもいい！　俺は女を抱《だ》きたいの！」

ひとしきり叫《さけ》びまくると、俺の心は勢いを失い、どんどんダウンに落ちていく。

「……はぁ。モテたぁい。彼女ほしい。セックスしたぁい……。でも俺じゃ無理なんだよぉ。どうせ童貞《どうてい》のままずーっと歳《とし》を取って、三十歳ぐらいになって、魔法使《まほうつか》いどころか何者にもなれない虚無《きょむ》おじさんになって、そのまま孤独死《こどくし》してくんだぁ……！」

人生を悲観する俺の肩《かた》を、湊《みなと》がぽんと叩《たた》く。

「オレがいるじゃん。愛してんぜ、夜光《やこう》ちゃん♪」

「うるさぁい！　美少女に転生して出直してこい！」

くそっ、何て虚《むな》しいんだ。でもこれで分かって貰《もら》えただろう。

この俗物《ぞくぶつ》が俺——空木夜光《うつぎやこう》という男なのだ。

☽

童貞《どうてい》を卒業するのは難しい。

まず風俗《ふうぞく》は卒業じゃなくて中退だから絶対に認めない。第一俺は高校生だから無理だしな。それを念頭に置いた上で考えると、童貞《どうてい》には越《こ》えるべきハードルが多すぎる。

まず当たり前だけど、自分から女の子にアプローチをかけないといけない。

湊《みなと》のようなイケメンでもない限り、女の子は基本的に向こうから来てくれるものじゃない。常にいる競合のオス共から勝ち取る必要がある。

　そのためにはおしゃれを研究したり、女子ウケのいい話題を習熟するのはもちろんのこと、こういう誰得《だれとく》な自分語りをしないように自制したり、男からするとつまらんなあという話でも辛抱強《しんぼうづよ》く聞いてあげたりと、とにかくマメな努力を重ねないといけない。

　しかもこれだけ頑張《がんば》っても、恋愛成就率《れんあいじょうじゅりつ》は１００％じゃない。競合の男に取られたり、色々なアンマッチが起きて失敗するのはザラである。

だから重要なのは試行回数だ。

フラれてもフラれても折れずに、前回の失敗を活《い》かして次の女の子に向かえる胆力《たんりょく》だ。

『彼女にしてもいい』と思える女の子を、機械的に探し続けるクールさだ。

たかがセックスのためにこれだけやるのという、邪魔《じゃま》なプライドを捨てる覚悟だ。

それらを全て揃《そろ》えた上でようやく到達《とうたつ》できるのが、童貞卒業《どうていそつぎょう》という頂きなのだ――。

……ということを湊《みなと》に力説したら、奴《やつ》は首を傾《かし》げてこう言った。

「分かってんならやりゃいいじゃん？」

「正論は死ね！」

しばらくケンカした。おそらく人生で一番ムダな戦いだったと思う。

教室を出る頃《ころ》にはすっかり日も暮れていて、俺は下駄箱《げたばこ》でため息を漏《も》らす。

「何をやってるんだ、俺は……」

分かってんならやりゃいいじゃん。そんなの言われなくても分かってる。

でも分かっててもできないことってあるじゃないかと、俺は情けなく叫《さけ》びたくなる。

――なんで心ですることに、頭で考えた理論を当てはめなきゃならない？

――そもそも人を好きになるために努力が必要って、根本的に間違《まちが》ってるだろ。

理想の恋《こい》に期待するのは悪いことなのか。運命的な出会いをして、自然に恋《こい》に落ちていって、もうこの人しかいないと互《たが》いに思える相手と手を繋《つな》ぎ、初めての夜を過ごす。

そんな恋《こい》に、俺は――。


『――……すまない。やはり私は、夜光《やこう》のことを、男としては……』


「……くそっ」

また嫌《いや》なことを思い出した。

何回この負のループに嵌《は》まれば気が済むんだ。いい加減進歩がなさすぎる。

これは対策を打つ必要があるだろうと、俺は天才と称《しよう》される頭脳を回転させる。

「………よし、解脱《げだつ》しよう。出家して僧《そう》になれば全て解決する！」

そうと決まれば早速修行《さつそくしゆぎよう》だ。帰って般若心経《はんにやしんぎよう》を写経《しやきよう》するところから始めよう。

俺は悟《さと》りの境地で下駄箱《げたばこ》を開く。

ハートの封蠟《ふうろう》がされたお手紙が一通、入っていた。

「――ありがとォぉおおおおおお――――――ッ！！！」

解脱《げだつ》？　アホか。俺は純愛に生きてやる！

爆速《ばくそく》で帰り、自室の鍵《かぎ》をかける。

大事に抱《だ》きしめてきた鞄《かばん》を開くと、封筒《ふうとう》は消えずに存在してくれていた。

「ゆっ、夢じゃない……！　ラブレターだっ！」

はやる気持ちを抑《おさ》えて机に向かい、封筒《ふうとう》を掲《かか》げて検《あらた》める。

高級そうな封筒《ふうとう》は蒼色《あおいろ》で、紋章《もんしょう》入りの封蠟《ふうろう》は本物。凄《すご》く本格的だ。

それから封筒《ふうとう》の右下隅《みぎしたすみ》には、英語でBuddiesというロゴが入っている。

バディーズ……メーカー名かな？　差出人名という感じじゃなさそうだが。

封筒《ふうとう》を裏返してみると、可愛《かわい》らしい字で【空木《うつぎ》　夜光《やこう》様へ】と宛名《あてな》が書いてある。

「ま、間違《まちが》いでしたオチでもない……。よし！」

深呼吸して、封《ふう》を破る。すると中から意外なものが出てきた。

小さな羽根ペンが一本。

四つに折りたたまれた羊皮紙が五枚。

それからスマホ大のカードが一枚。以上、である。

「……雰囲気《ふんいき》あるな。羊皮紙とは……」

美術館の展示史料でしか見たことない。普通《ふつう》こんなものにラブレターを書くだろうか？

そんな俺の疑念は、折りたたまれた羊皮紙を開いた瞬間《しゅんかん》に的中した。

【以下の問題を解決せよ】

「……ん？　問題を『解決』しろ？」

妙《みょう》な言い回しに眉《まゆ》をひそめるも、とりあえず読んでみる。

「『とある事件により、心を病《や》んでしまった少女がいる。これにより心に負の魔力《まりょく》を宿してしまった少女は、影《かげ》の化物に取《と》り憑《つ》かれてしまった。月が満ちるまでに少女を救えなかった場合、少女の心は化物に呑《の》み込《こ》まれ、世界に災《わざわ》いをもたらす闇《やみ》の魔女《まじょ》に変身してしまう。このような事態を防ぐため、問題の解決法としてどのようなものが考えられるか。記載《きさい》の状況《じょうきょう》、周辺情報、制約事項《せいやくじこう》を考慮《こうりょ》し、回答してほしい』……何か、回りくどい問題設定だな……」

ざらっと全体を眺《なが》めていく。

どうやら羊皮紙一枚につき一題、合計五人の少女の問題が出題されているらしい。

問題の方向性は一題ずつ異なっていて、それぞれ事態は深刻だ。これは心を病《や》んで、化物に憑《つ》かれてしまっても仕方ないだろうなあと思うものばかり。

だけど今一番病《や》んでいるのは、間違《まちが》いなくこれを読んでいる俺だった。

「ラブレターじゃ、ない……だと……？」

俺はしなしなになりながら、最後に残った小さなカードを読む。

可愛《かわい》い女の子っぽい文字で、こう書いてある。

【全問正解された暁《あかつき》には、わたくしは夜光《やこう》さまに永遠の愛と、純潔を捧《ささ》げます】

「……………い、一応解いてやるか。一応ねっ？」

俺は性欲の奴隷《どれい》だった。

純潔を捧《ささ》げられたい一心でペンを取り、頭脳を回転させていくことにする。

「――――――――うん。分かった」

五題並列《へいれつ》ですぐ解けた。別に五教科じゃなくても、頭を使う話ならお手の物だ。

俺は歯を食いしばり、羊皮紙を突《つ》き破《やぶ》るぐらいの筆圧で回答を記入していく。

「純潔純潔純潔純潔純潔……！」

目が血走ってたと思う。それぐらいこの童貞《どうてい》という呪《のろ》いから逃《のが》れたかったんだ。

「――はい解けたぁっ！」

証明終了《しょうめいしゅうりょう》マークをがりっと刻む。

するとその瞬間《しゅんかん》、五枚の羊皮紙が蒼《あお》い光を纏《まと》い、意志を持ったようにふわりと漂《ただよ》い始《はじ》めた。

「なっ……、なんだっ⁉」

俺は椅子《いす》ごと後ろに倒《たお》れてしまう。

間抜《まぬ》けなことに、尻餅《しりもち》をついたまま驚《おどろ》いて立てない。そんな俺を捕《つか》まえるように、五枚の羊皮紙は等間隔《とうかんかく》に広がって円陣《えんじん》を組んだ。

羊皮紙が一気に燃え上がる。

五つのヒトダマと化したそれらは、光の線を延ばし合う。五芒星《ごぼうせい》や二重円、それから幾何学《きかがく》模様《もよう》を描《えが》いて魔方陣《まほうじん》を完成させ、

『――やった。マッチング成立……！　逢《あ》えるっ！』

謎《なぞ》の少女の声が響《ひび》く。

やがて魔方陣《まほうじん》全体から、強烈《きょうれつ》な蒼《あお》の光が立ち上り――、

「う、うわぁあああああ――――っ⁉」

俺は目を開けていられず、顔の前を手で覆《おお》った。

☽

ややあって、目に感じていた光の圧が消える。

俺は顔の前から手を下ろし、目をおそるおそる開いた。

「――……え？」

どこか遠くの宇宙の知らない惑星《わくせい》に、ワープしてしまったのかと思った。

眼前に広がる未知の光景に、俺は呆然《ぼうぜん》と立《た》ち尽《つ》くす。

銀河の只中《ただなか》に飛び込んだような、色とりどりの星々が夜空に散らばっている。

星がありすぎて、それから灯籠《とうろう》のようなランプが夜空に沢山《たくさん》浮かんでいて、夜とは思えないほどに世界が明るい。地上には一面、青々とした草原と、美しい花畑が広がっていて……。

「こ、ここは一体……？　天国か……？」

「──魔女界《こっち》と人間界《そっち》を繋《つな》ぐ狭間《はざま》の世界、〈ヴァルプルギスの夜〉」

魔方陣《まほうじん》から聞こえたのと同じ、女の子の声が聞こえて振《ふ》り返《かえ》る。

……ああ、そうか。俺は夢を見てるのか。

じゃないとこんなに可愛《かわい》い女の子、現実に存在するはずがない──。

「会いたかった。空木《うつぎ》、夜光《やこう》さま」

呆《ほう》けた俺は夜空を見上げる。

世にも可愛《かわい》らしい少女は箒《ほうき》に腰掛《こしか》けて、そこに浮《う》かんでいる。

不思議な装束《しょうぞく》に身を包み、絹のような蒼《あお》の長髪《ちょうはつ》のてっぺんに、とんがり帽子《ぼうし》を乗せている。

サファイアのような美しい瞳《ひとみ》と目が合うと、魅了《みりょう》の魔法《まほう》に掛《か》けられたように動けない。

草原を吹《ふ》き抜《ぬ》ける夜風に髪《かみ》を靡《なび》かせ、謎《なぞ》の少女は微笑《ほほえ》んだ。

「──わたくしは、魔女《まじょ》。ベルカ・アルベルティーネ」

「……魔《ま》、女《じょ》……」

非現実な存在のはずなのに、その神秘的な美しさには圧倒的《あっとうてき》な説得力があって。

俺は思わず、唾《つば》を飲み込む。

すると呪文《じゅもん》でも呟《つぶや》くように、彼女の薄桃色《うすももいろ》の唇《くちびる》が動いた。

「……かっこいい……」

……えっ？　かっこいい？

俺は自分の耳を疑うが、

「かっこいい……。やっぱり生でお会いすると、もっと素敵《すてき》……」

どうやら本当に言ってたらしい。

彼女は白い頬《ほお》をぽーっと赤らめて、俺に向かって微笑《ほほえ》んだ。

えっ……？　死ぬほど可愛《かわい》い。俺もしかして今から死ぬの？

「いきなり『メッセージ付きよいね』を送ってごめん。でも、どうしても夜光《やこう》さまと契《ちぎ》りを交《か》わしたくて、そのお力を試《ため》させてもらった」
メ、メッセージ付きよいね？　契《ちぎ》り？　試《ため》させてもらった？
「……あ。もしかして、あの問題入りの封筒《ふうとう》のことか？」

「ん。あの五題は、『姫上試問《きじょうしもん》』というもの」

「『姫上試問《きじょうしもん》』？」

「魔女《まじょ》の騎士《きし》になりうる、特別な人間を選《えら》び抜《ぬ》く試験。夜光《やこう》さまはそれに、完璧《かんぺき》に合格した。

……素敵《すてき》。かっこいい。惚《ほ》れ直《なお》した」

「っ……⁉　ほ、惚《ほ》れ直《なお》したって」

「手紙の通り。わたくし、夜光《やこう》さまに一目惚《ひとめぼ》れした」

サファイアの瞳《ひとみ》が、純粋《じゅんすい》な輝《かがや》きで俺を映した。

「――夜光《やこう》さま、すき。だいすき。……あいしてる」

その言葉を、かつて『死んでもいいわ』と訳した人がいるという。

俺もまさしく今、そんな気分だった。

「ね。……ごほうび、覚えてる？」

彼女は悪戯《いたずら》っぽく微笑《ほほえ》み、箒《ほうき》の上で脚《あし》を組《く》み替《か》える。

一瞬《いっしゅん》中が見えそうだった。さ、最高……。

「じゅ、純潔を捧《ささ》げる……とかいうあれだろう？　知ってるぞ。あんなの本気じゃない、釣《つ》りだって言うんだろ⁉」

いや、気を確かに持て俺！　この手のオチは古今東西決まってる。

絶対に『純潔』とは他の何かを例えた言葉で、俺の期待する展開から外れていくんだ。

だってこんなに品があって可愛《かわい》い女の子が、エロいことなんて考えるはずが、

「違《ちが》う。ほんき。処女、もらって？」

あった。

「ええっ⁉」

素《す》っ頓狂《とんきょう》な声で叫《さけ》ぶ俺。彼女の追撃《ついげき》は止まらない。

「ええじゃない。……夜光《やこう》さま。えっち、しよ？　たくさんわたくしのこと抱《だ》いて？」

耳と顔が熱で溶《と》けそうだ。

——お、おおお女の子がえっちって！　えっちって言ってるッ！

「や、やめろ！　うううら若き乙女《おとめ》が、そういうことを口にするもんじゃない！」

「そういうことってなに？」

「い、いや、それは、そのう……」

「せっくすのこと？」

「うわぁぁ————っ⁉　やめろぉっ！」

嘘《うそ》です本当はもっと言ってほしい。録音して持って帰りたい。

そんな助平心《すけべえごころ》なんてお見通しだよと言わんばかりに、ベルカ嬢《じょう》はくすくす笑った。

「夜光《やこう》さま、かわいい。童貞《どうてい》」

「っ、うるさい！　悪かったなぁ！」

「なんで？　ぜんぜん悪くない」

ベルカ嬢《じょう》は嬉《うれ》しそうに箒《ほうき》の上で脚《あし》をぱたぱたさせる。

「好きな殿方《とのがた》が、他の女を知らないの、最高じゃない？」

「……っ」

「ふふ。……もうすぐ、どーてーじゃなくなっちゃうけどね？」

ねえ無理誰《だれ》か助けて。この魔女《まじょ》、頭いかれそうなぐらい可愛《かわい》い！

だけど絶対深入りしない方がいいよな……。今にやばい交換条件《こうかんじようけん》を持ち出されるぞ。

「でも条件がある」

「ほんとに出すのかよ……。な、何だ？」

ベルカ嬢《じょう》は細い箒《ほうき》の上で立ち上がる。

そしてとんがり帽子《ぼうし》を取って、深く礼をした。

「わたくしと契約《けいやく》して、騎士《きし》になって。そして【百姫夜行《ひやっきやこう》】に挑《いど》んでほしい」

「……騎士《きし》？　【百姫夜行《ひやっきやこう》】とは何だ？」

「ふふ。契約《けいやく》するまで教えない」

「怪《あや》しすぎるだろそれ！」

「じゃあ、えっちしないで、かいさん？」

ベルカ嬢《じょう》は目を細め、くすりと嗤《わら》う。

「わたくしはもう、引っ込み付かないけど？」

……ああ。やっぱりこの子は魔女《まじょ》なんだ。俺みたいな愚《おろ》かな男が逃《に》げられるはずがないし、
逃《に》げたくない。

それにどうせ夢なら、がっつかなきゃ損《そん》ってもんじゃないか。

「よ、よし。その契約《けいやく》、結ぼう！　騎士《きし》とやらになってやる！」

だ、だからあの、抱《だ》かせてくれませんか、魔女様《まじょ》――？

そう俺が言うよりも先に、彼女は箒《ほうき》から跳《と》んでいた。

「やった……！　契約成立《けいやくせいりつ》！　もう、一生離《はな》さない！」

流星雨が降り注ぐ夜空をバックに、ベルカ嬢《じょう》が胸元《むなもと》目がけて降ってくる。

それは良かったんだけど、

「ちょっ……おわぁあ――――っ⁉」

上手《うま》く受け止めることができず、俺たちはもんどり打って倒《たお》れ込《こ》んだ。

かろうじてクッションになれた俺に、ベルカ嬢《じょう》は馬乗りになると、

「――んっ⁉」

俺の両手首を押さえつけ、なんといきなりキスをしてきた。

あ、あたたかくてぷにっとした感触《かんしょく》……なんて浸《ひた》る暇《ひま》もなく。

次の瞬間《しゅんかん》には、にゅるりと彼女の舌が口内に割り込んできた⁉

「んっ⁉　んんん～～～⁉」「………………♪」

急展開すぎて頭が付いていかない。

ああ……でもこれで、ようやく、ねんがんの、童貞《どうてい》、卒業、が――――――。

「……ぷはっ。……夜光《やこう》さま？　……あれ、夜光《やこう》さま？」

「────────」

「……嘘《うそ》。オチてる……」

☾

というわけで予想通り、自室のベッドで夢から覚めた。

「……夢ですら最後まで出来ないのかよぉ……っ」

現実ってなんて世知辛《せちがら》いんだろう。

とはいえ、夢とは思えないほどリアルな感触《かんしょく》だった……。未《いま》だに余韻《よいん》が残ってる。

目頭《めがしら》を覆《おお》っていた手で、唇《くちびる》をなぞった。

「…………久しぶりだったな……」

「なにが？」

「そりゃあキスに決まって…………って」

この声。良《い》い匂《にお》い。やわっこく温かな感触《かんしょく》で固められた片腕《かたうで》……イズディス？

がばっと片手で掛《か》け布団《ぶとん》を払《はら》う。

ベルカ嬢《じょう》がもう片方の腕《うで》に絡《から》まっていた。しかも……全裸《ぜんら》で！

「うわぁあああ――――――――――っ⁉」

「ふふ。おはよ、夜光《やこう》さま」

「おおおお、おはよだと⁉　馬鹿なっ、あれは夢では⁉」

「……？　そんなわけない」

ベルカ嬢《じょう》が、俺の右手と恋人繋《こいびとつな》ぎして見せてくる。

互《たが》いの薬指に、立派な指輪が嵌《は》まっていた。

「なっ、これは⁉」

「契約指輪《エンゲージリング》。愛と忠誠を誓《ちか》うもの」

さあっと汗《あせ》が引いていくのが分かった。

「こ、これ、外れ……」

「ない。死が二人を分かつか、【百姫夜行《ひやっきやこう》】が終わるまで」

くすくす、と魔女《まじょ》が嗤《わら》う。

一時はあどけなく思えた笑《え》みが、今はひどく不気味に映った。

「――もう、ずうっと離《はな》さない。……あいしてるよ。夜光《やこう》さま？」

とりあえず家人に見つかる前に急いでベルカ嬢《じょう》を連れ出し（ついでに服も着てもらい）、早朝の学校に向かった。

特別棟《とくべつとう》の三階奥――第二理科室の鍵《かぎ》を開ける。

緑と黒の遮光《しゃこう》カーテンが閉まった教室の中は、朝とは思えないほどに真っ暗だ。少しほこり臭《くさ》い匂《にお》いが、鼻を突《つ》く。

「よ、よし。今のうちだ。早く入ってくれ」

「ん。……ここどこ？」

「科学部の部室だ。部員は俺だけ。ここなら基本誰《だれ》も来ない」

そう、と彼女はクールに微笑《ほほえ》む。

「ここでシちゃうの？　初回から校内とは、だいたん」

「ば、馬鹿、違《ちが》う！　普通《ふつう》に話をしたいだけだ！　……というかだなぁっ」

俺は情けない声を上げながら、右腕《みぎうで》を振《ふ》る。

しかし、もにゅんと彼女の膨《ふく》らみを感じるだけで（最高）、ベルカ嬢《じょう》は引《ひ》き剝《は》がせない。

「いい加減離《はな》れてくれ！　家からずっとこのまんまだろ⁉」

「んぅ……。やだ。夜光《やこう》さま、絶対逃《に》げるもん」

「に、逃《に》げないって。そのつもりなら学校に連れてこないだろ？」

「…………ふぅん？」

ベルカ嬢《じょう》は顔を近づけてきて、どこか含《ふく》みを持たせて笑ってくる。

はぁぁもう近いっ、どきどきする。死ぬ！

「た、頼《たの》む、ベルカさん。まともに頭が回らないんだよ！　何でもするから！」

「……………じゃあ今から、わたくしのことは『ベル』って呼んで。そしたら、離《はな》れる」

「えぇ⁉　そんな、女子をいきなり呼び捨てなんて」

「嫌《いや》ならこのまま。是非《ぜひ》もなし」

ぎゅーっと更《さら》に抱《だ》きついてくるベルカ嬢《じょう》。

こ、このままでは脳が焼き切れてしまう。頑張《がんば》るしかない……！

「……っ、ベル。は、離《はな》れて、くれ……」

「……ふふ。しゃーなし。これから毎日、愛を込《こ》めて呼んでほしい」

最後の締《し》めにぎゅーっと抱《だ》きついてから、ベルはようやく離《はな》れてくれた。カーテンの閉まった理科室をきょろきょろ見回し、ほこり臭《くさ》い匂《にお》いに鼻をひくつかせる。

「夜光《やこう》さま、窓開けてもいい？」

「ああ、待ってくれ。今、開け――」

ベルが指をぱちんと鳴らす。

その瞬間《しゅんかん》、全てのカーテンがばっと開いて陽光が差し込み、

「どーん」

ベルが両腕《りょううで》を内から外に軽く振《ふ》ると、窓の鍵《かぎ》が一斉《いっせい》に外れてがらりと開いた。

早朝の爽《さわ》やかな風が、古い空気を一掃《いっそう》する。

蒼《あお》い長髪《ちょうはつ》を気怠《けだる》げに払《はら》って、ベルがため息をついた。

「しゃーなし。……いい加減、働くか」

当たり前のことを今更《いまさら》思い知らされる。

この子は、正真正銘《しょうしんしょうめい》の魔女《まじょ》なんだって。

「じゃあ今から使命——【百姫夜行《ひゃっきやこう》】について説明するね。我《わ》が騎士《きし》、空木夜光《うつぎやこう》さま？」

魔法《まほう》で宙に浮《う》かせたティーポットから、ベルがカップに紅茶を注ぐ。

互《たが》いに理科室の丸椅子《まるいす》に座り、机を挟《はさ》んで向き合った。

「夜光《やこう》さま。『姫上試問《きじょうしもん》』の問題概要《もんだいがいよう》、覚えてる？」

「ああ。一度読んだものは忘れない」

——問題を抱《かか》えた女の子の心に、影《かげ》の化物が取《と》り憑《つ》いてしまった。

これを助けるために、問題を解決する方法を考えてほしい。じゃないとその子は悪い魔女《まじょ》になって、世界を荒《あ》らしてしまうから……という話だったよな。

「さすが夜光《やこう》さま。話が早い。……実はあれ、架空《かくう》の問題じゃない。昔、実際に起きた問題。それから今この瞬間《しゅんかん》も、人間界で起き続けている問題」

「何……？」

「わたくしたち〈正魔女《せいまじょ》〉の使命は、人間界と魔女界《まじょかい》の平和を守ること。そのために、この世界に災《わざわ》いをもたらす影《かげ》の化物――〈影魔女《シャドウ》〉たちを狩《か》ること」

ベルが人差し指を立てて、空中に長方形を描《えが》く。

すると光の軌跡《きせき》ができ、囲まれた場所がＳＦ映画のウインドウみたいになった。

件《くだん》の〈影魔女《シャドウ》〉の映像がそこに映る。

シルエットは魔女帽子《まじょぼうし》とローブを被《かぶ》った、細長い魔女《まじょ》の影《かげ》。それが三次元の立体になっている。真っ暗な夜空を切り取ったような漆黒《しっこく》の身体《からだ》を地面から伸《の》ばし、顔の端《はし》から端《はし》まで裂《さ》けた口で哄笑《こうしょう》を上げていた。

「これは……結構、不気味だな」

「〈影魔女《シャドウ》〉には実体がないから、姿は個体によって変わる。これはあくまで一例。……こいつら、基本的には雑魚《ざこ》。でも肉体がないゆえの、やっかいな特性を持っている」

「それは？」

「〈影魔女《シャドウ》〉は、少女が落とす心の影《かげ》に同化する」

つまり、病《や》んじゃった女の子に取《と》り憑《つ》くの、とベルは続けた。

「そのまま成長すると、奴《やつ》らはやがて宿主の少女の心を呑《の》み込《こ》み、肉体を乗っ取る。そうやって、悪《あ》しき魔女《まじょ》として転生を果たそうとする」

「それは…………まずい、よな。おそらく」

「ん。この魔女《まじょ》が暴れると、被害《ひがい》は大きめの天災一つ分相当。紙屑《かみくず》みたいに人が死ぬし、反転した少女はもう二度と戻《もど》ることはない」

「……ひ、人が、死ぬ……」

口の中が乾《かわ》いていることに気付いた俺は、紅茶のカップを手に取る。

情けなく、水面は波紋《はもん》を立てていた。

「──だいじょうぶ」

ベルが拳《こぶし》でばちんと平手を殴《なぐ》り、にやりと笑う。

「そうならないように、わたくしたち〈正魔女《せいまじょ》〉がいる。……安心して。わたくしは今まで、〈影魔女《シャドウ》〉を狩《か》れなかったことは一度もない」

「おお……！　それは頼《たの》もしい」

「狩《か》れたことも一度もないけど」

「ん？　それって」

「これが初仕事」

「ド新人じゃないか！！！」

まずい。死ぬほど頼《たよ》りない。これは俺がしっかりしないと……！

「それで、俺は何をすれば？　まさかその〈影魔女《シャドウ》〉って化物と戦えってわけじゃ……」

「ない。荒事《あらごと》は魔《ま》女担当《じょたんとう》。夜光《やこう》さまには、【百姫夜行《ひゃっきやこう》】の騎士《きし》の務めを果たしてほしい」

「騎士《きし》の務め……？」

何だろう。想像もつかない。

だけど契約《けいやく》したのは俺なんだ。どんな仕事だろうと責任持ってやり遂《と》げて——！

「——〈影魔女《シャドウ》〉に憑《つ》かれた女の子を百人、恋《こい》に落として抱《だ》きまくること」

☽

もちろん全力ダッシュで理科室から逃《に》げた。

「無理に決まってるだろ……！　百人どころか一人も抱《だ》いたことないわ‼」

幸い、ベルは追ってこない。

ここは校外に逃《に》げるより、校内で生徒の中に紛れた方が安全そうだ。教室に逃《に》げ込《こ》む。

漂着《ひょうちゃく》したみたいに机に掴《つか》まると、俺はぜえはあ息をする。

「夜光《やこう》ちゃん、ギリギリとは珍《めずら》しいじゃん。寝坊《ねぼう》か？」

「……あ。み、湊《みなと》」

聞いてくれ！　大変なことがあったんだ！

……なんて、言えるわけないか。現実離《げんじつばな》れしすぎてて信じてもらえないだろうし、第一身から出た錆《さび》に巻き込むのは違《ちが》うだろう。ここはごまかす。

「おはよう。いかにも寝坊《ねぼう》だよ」

「ほーん？　じゃあ今日は起こしてくんなかったのか？　自慢《じまん》の許嫁《いいなずけ》ちゃんは」

「……は？　許嫁《いいなずけ》？」

何言ってるんだこいつ。

「そんなのいるわけないだろ。寝《ね》ぼけてるのか？」

「寝《ね》ぼけてんのは夜光《やこう》ちゃんだろ〜？　お前の後ろの席じゃんか」

馬鹿にして……。俺の席は窓際最後列《まどぎわさいこうれつ》だぞ？

後ろなんているわけが、

「一緒《いっしょ》に寝《ね》たもんね。夜光《やこう》さま♪」

「ぎゃぁああああああ――――――っ!?」

ぬるりと増えた一席に制服姿のベルが座ってた。

俺は椅子《いす》から転げ落ち、尻餅《しりもち》をついたまま後ずさりする。

「なっ、なぜ居る!?　さっきまで居なかっただろ！」

「ふふ。愛のちから」

「そんなわけあるかっ、ちゃんと理屈《りくつ》を説明しろ！」

「そんなのないよ。魔法《まほう》だもん」

机の上で頬杖《ほおづえ》を突《つ》いて、ベルはくすくすと笑った。

「ほら。やっぱり逃《に》げた。殿方《とのがた》はそういうもの」

「う……！　いやしかし、俺にもやれることとやれないことがあって……」

「やれる。がちで。それにそもそも、やるしかない」

薬指に嵌《は》まった指輪を、これみよがしにベルが揺《ゆ》らす。

「骨になるまで、いっしょ。これはそういう契約《けいやく》」

「あ、ああ、あああ……！　嫌《いや》だあああ――――っ！」

「あっ、夜光《やこう》ちゃんどこ行くんだよ⁉」

まさしく現実逃避《げんじつとうひ》、というやつだった。

俺はまた教室から全速力で逃《に》げ出《だ》し、階段を転げ落ち、何度も転んだりしながらほうほうの体《てい》で保健室へ転がり込んだ。

「せ、先生、すみません。ベッド空いていますか……ッ？」

「空木《うつぎ》くん？　どしたの一体、そんなボロボロで」

「なんか頭と心がおかしいんです!!　俺はとち狂《くる》ってしまった!!」

「思春期はそんなもんよ。教室にお戻《もど》り」

「でも俺のことが好き好き大好きえっちしたいって魔女《まじょ》が言い寄ってきたり、一緒《いっしょ》に百人の女を抱《だ》きまくらなきゃ世界がエライことになるとか言うんです！」

先生が天井を見上げ、遠い目をした。

「……まあ空木《うつぎ》くんに授業なんかいらないし、いっか。好きなベッドで休みなさい」

「さすが先生っ、人格者！」

「ティッシュならそこ。使用済みはトイレに流すこと」

「先生？」

「エロ漫画《まんが》の読みすぎも程々《ほどほど》にね。……じゃ、アタシしばらく会議だから。早退するならそこの鍵《かぎ》で戸締《とじ》まりだけはしといてね」

先生はドアに鍵《かぎ》を掛《か》けて出て行った。誤解を解く暇《ひま》もなかった。

完全なる密室となった保健室で、俺はため息をつく。

「……一回、寝《ね》てリセットしよう」

窓際《まどぎわ》の空いたベッドに入り、囲いのカーテンを全方位閉じた。

掛《か》け布団《ぶとん》を被《かぶ》って、胎児《たいじ》みたいに丸くなる。

だけど勿論《もちろん》眠《ねむ》れるはずもない。罪悪感がシーツからまとわりついてくるみたいだった。

「……くそ。よりにもよって、どうして恋愛《れんあい》なんだ……」

「〈影魔女《シャドウ》〉を、女の子の中から追い出すため」

…………嗚呼《ああ》。この背中に突如《とつじょ》現れた質感。もはや、諦《あきら》めて受け入れるしかなさそうだ。

「どういう、理屈《りくつ》で？」

「〈影魔女《シャドウ》〉は、少女の心の闇《やみ》から落ちる影《かげ》に棲《す》む。だったら、大元の心の闇《やみ》を祓《はら》ってやれば、奴《やっ》らは居場所を失って外に出てくる。そこをわたくしたち〈正魔女《せいまじょ》〉が仕留めるの」

「……心の闇《やみ》」

「漏《も》れ出《で》る闇《やみ》の魔力《まりょく》のこと。祓《はら》えるのは光の魔力《まりょく》だけ。そして光の魔力《まりょく》を生む、心の源が」

「女の子の、恋《こい》とか愛というわけか」

ん、と背中に触《ふ》れた体温が頷《うなず》く。

確かにそれだと魔女《まじょ》一人では難しい。人間の、とりわけ男性の協力を得た方が楽だろう。

「だけど、どうして俺なんだ？　明らかに人選ミスだろ……」

大して格好良くもない、偏屈《へんくつ》を拗《こじ》らせた童貞男《どうていおとこ》。それが俺だ。

多少勉強ができるからって、そんなの恋愛《れんあい》には何の役にも立たないし――。

「そんなことない。夜光《やこう》さまは、騎士《きし》として最強の資質を持っている」

「さ、最強の資質？」

「夜光《やこう》さまには力がある。人が抱《かか》えるどんな難問でも、解決してあげられる力が」

「……ああ。あのテストか。あんなの本気にするなよ。所詮《しょせん》は机上《きじょう》の空論だぞ」

「空論で構わない」

だって、とベルは力強く言う。

「わたくしには、魔法《まほう》が使えるから」

「あ……」

「だから夜光《やこう》さまがどんなドリーム解決法を導いても、わたくしはそれを現実にできる。頭で考えたことが全部できたら、夜光《やこう》さまは無敵でしょ？」

「……っ、だ、だけど、問題を解決してあげられるからといって、イコール俺が女の子に好かれる訳じゃない！」

「そこはプロであるわたくしに任せてほしい。〈正魔女《せいまじょ》〉はターゲットを騎士《きし》に惚《ほ》れさせるための手練手管《てれんてくだ》を沢山《たくさん》学んでる。プロの手厚いサポートが、夜光《やこう》さまにはずっと付く」

「む、むう……」

「それに〈影魔女《シャドウ》〉に憑《つ》かれた女の子……通称《つうしょう》〈姫《ヒロイン》〉は、必然的に誰《だれ》にも言えない闇《やみ》を抱《かか》えてる。それを察して助けてくれる男の子が目の前に現れたら、向こうからはまさしく騎士《きし》様に見える。恋《こい》に落とすのは、考えてるより難しいことじゃない」

「……確かに、そう言われると……」

「つまり、百姫夜行《ひゃつきやこう》は困っている美少女を助けてあげたら惚《ほ》れられるお仕事。是非《ぜひ》やるべき」

……や、やばい。聞いてたらどんどんやりたくなってきた。

やり手の営業に口説かれてる気分だ。これが情報商材とかならもう買ってる。

「……やっぱり、自信がないよ……」

だけど、俺が拗《こじ》らせてるものは根が深くて。

こんなにも口説かれてるのにまだ動けない自分が、ヘドが出そうなほど嫌《いや》になる。

「俺は童貞《どうてい》に呪《のろ》われてるんだ。百人抱《だ》くなんて夢のまた夢で……」

「……ね。夜光《やこう》さま、こっち向いて」

情けなさで唇《くちびる》を噛《か》みながら、言われるがままに寝返《ねがえ》りを打つ。

するとベルの綺麗《きれい》な顔が至近距離《しきんきょり》——ついばむように、キスされた。

長い数秒。離《はな》れると、ちゅ……と生々しい音が鳴る。

「——じゃあその呪《のろ》い、解いちゃお？」

俺の唇《くちびる》を人差し指でつつーっとなぞってベルが淫靡《いんび》に微笑《ほほえ》むと、心臓が跳《は》ねた。

「0から1は、特別だけど。そこから100は、たいしたことない」

「っ……べ、ル……」

「ね。夜光《やこう》さま。……一緒《いっしょ》に、はじめて、シよ……？」

ベルは俺の右手を掴《つか》み——そのまま、上着の下から身体《からだ》の中へと誘《さそ》った。

指先がしっとりとした汗《あせ》の滴《したた》る肌《はだ》をなぞり、ふっくらとした円を描《えが》いて傾斜《けいしゃ》を登る。

初めて触《ふ》れる女の子の乳房《ちぶさ》。いつ外したのか、下着がない。

想像していたよりもずっと強い弾力《だんりょく》の中に、指先は沈《しず》み込《こ》んでいく。

触《ふ》れた素肌《すはだ》の奥で、どくんどくんと、ベルの心は期待で生々しく鳴っていた。

「……ふふ。ばれちゃった。夜光《やこう》さまと会ってから、ずっと、こうだよ……？」

火傷《やけど》しそうな熱量を持った肌《はだ》から、急いで手を抜《ぬ》く。それでも指先に燻《くすぶ》る熱は消えない。

血液を伝って、俺の頭をとかしていく。

「……あっ……」

ベルが小さく喘《あえ》ぐ。俺が覆いかぶさってきたからだ。

彼女の手首を掴《つか》んで、枕《まくら》の横に押さえつける。

「っ……じょ、冗談《じょうだん》にするなら、今だぞ⁉」

ビビらせるように俺は言う。

でも本当にビビっているのは俺の方だって、たぶんベルにはお見通しだった。

ベルはくすりと笑って、俺の腰《こし》に両脚《りょうあし》を絡《から》めてくる。

そして熱いそこに迎《むか》えるように、俺を引き寄せて……ねだった。

「……たべて？」

覚悟《かくご》を決めた。昨夜のリベンジに挑《いど》むように俺からがっつき、舌を絡《から》ませにいく。

「ん、ぅ…………ん……！」

やってやる。やってやるぞ。俺は童貞《どうてい》を捨てるんだ。

ここで全部清算して、今度こそ、前に――！

『――止《や》めて、夜光《やこう》！　近づかないで……っ！！』

――どくん。

心臓を黒い手に掴《つか》まれたような激痛が、息を止める。

「ぐ、ぅう……っ⁉」

「や、夜光《やこう》さま⁉　どうしたの⁉　……夜光《やこう》さま⁉」

意識が保てなくなっていく。

……ああ。やっぱり、駄目《だめ》なんだ。俺は誰《だれ》とも、愛を交《か》わせないままなんだ。

未《いま》だに俺を呪《のろ》い続《つづ》ける、『あいつ』が心にいる限り――。

☽

それからしばらく、意識を失っていた。

窓から夕陽《ゆうひ》が差し込むぐらいになって、ようやく目覚めることができた。

「あ……！　よ、良かった。起きた……！」

「……ベル」

保健室のベッド側の丸椅子《まるいす》に座って、ベルは今にも泣きそうな顔をしていた。

スマホの時計を見ると、既《すで》に夕方の五時前。

俺はベッドから身体《からだ》を起こし、項垂《うなだ》れるように頭を下げた。

「ごめんな。こんな時間まで看《み》させて」

「い、いい。それより、大丈夫《だいじょうぶ》……?」

ベルの声音《こわね》は弱々しい。彼女をこんな風にさせてしまう自分が、ひどく情けなかった。

「大丈夫《だいじょうぶ》だ。初めてじゃないから」

「え……?」

「……性行為《せいこうい》にトラウマがあるんだ。以来そういうことに近くなると、意識が落ちる」

ベルがはっと息を呑《の》む。

俺は空気を和《やわ》らげようと笑うことしかできない。

「なあベル。男の下半身は別の生き物と揶揄《やゆ》する言葉があるんだけど、知ってるか?」

「ん……」

「……俺もそうなんだよ。逆の意味だけど」

俺は自分の下半身に視線を落とす。

間違《まちが》いなく人生で一番淫靡《いんび》な出来事に遭遇《そうぐう》したのに、血が通う気配は全くなかった。

「……俺はもう長いこと、男性として不能なんだ……」

情けなさすぎて消えたくなる。本当はこんなこと知られたくない。

だけど今や、全てを打ち明けることだけが、ベルに捧《ささ》げられる唯一《ゆいいつ》の誠実だった。

「これで分かっただろ。【百姫夜行《ひゃっきやこう》】は、俺だと物理的に無理なんだ」

三つ指を突《つ》いて、俺はベッドの上で土下座する。

「本当に申し訳ない。どうか契約《けいやく》を解除して、誰《だれ》か他の人間を騎士《きし》に選び直してほしい」

深々と下げた頭を、おそるおそる上げる。

とても優《やさ》しい顔でベルが微笑《ほほえ》んでいた。

「絶っ対やだ」

☽

「やだじゃないんだよ！　契約《けいやく》を解除しろっ!!」

「やだ」

下校中も、ベルは俺を離《はな》してくれなかった。

あのあと校内に停《と》めていた自転車で逃亡《とうぼう》を図《はか》ったのだが、例の如《ごと》く裏門を越《こ》えた瞬間《しゅんかん》荷台にベルが乗っていた。もはや何も驚《おどろ》かなくなった。

しかもどんな魔法《まほう》を使ったのか、重さが十倍ぐらいになってまともに漕《こ》げない。仕方なく俺は自転車を降り、ふくれっ面《つら》のベルを荷台に載《の》せたまま自転車を押していく。

帰路は野球部が練習しているグラウンドが近く、金属バットの音がよく響《ひび》いていた。

「何で分かってくれないんだ……。俺と契約《けいやく》してても未来はないのに……」

「全然ある。大体夜光《やこう》さま、色々誤解してる」

「誤解？　何が？」

「まずわたくしのこと、夜光《やこう》さまの身体《からだ》目当ての痴女《ちじょ》か何かと思ってる」

むっ、とベルは唇《くちびる》を尖《とが》らせる。

「勘違《かんちが》いしないでほしい。わたくしは本来、下ネタ嫌《ぎら》いの清楚魔女《せいそまじょ》」

こいつ今日一日の記憶《きおく》がないのか？

「ただ、夜光《やこう》さまと一緒《いっしょ》にいるときは本能のブレーキがきかなくなるの。好きすぎて頭おかしくなってる特別な状態」

「……っ、そ、それ聞かされて俺は何て言えばいいんだ」

「つまり本来のわたくしは、えっちがなくても全然かまわない女だと言いたい」

ぴたり、と自転車を押すのを止める。

澄《す》んだサファイアの瞳《ひとみ》が俺を見ていた。

「夜光《やこう》さまと一緒《いっしょ》にいられるだけでも、十分幸せ。そんなので契約解除《けいやくかいじょ》とか、絶対ない」

ストレートな愛情表現に慣れることはなく、俺は一瞬《いっしゅん》でかーっと赤くなる。

死ぬほど嬉《うれ》しい。それって最上級の愛の言葉だ。

「い……いや、でもダメだろ！　俺が行為《こうい》をできない以上、その……〈姫《ヒロイン》〉だっけ？　女の子を化物から救ってやることができないんだぞ。命がかかっている以上、なあなあには——」

「それがもうひとつの誤解。夜光《やこう》さま、女の子とハグはできるでしょ？」

「え？　……そりゃあもちろん平気だけど」

現に今日はほとんど一日、ベルに抱《だ》きつかれていたわけだしな。

「じゃあ、【百姫夜行《ひゃっきやこう》】はできる。百人抱《だ》くだけなんだから」

「……えっ？」

静寂《せいじゃく》が訪《おとず》れる。かきーんと金属バットの音が響《ひび》き、あほー、あほーとカラスが鳴いた。

「待て。もしかして、百人抱《だ》くって…………ハグのこと、なのか？」

「そう。恋《こい》に落としてから、強くハグして心の光を活性化。〈影魔女《シャドウ》〉を追い出すの」

俺はチャリを地面に叩《たた》き付《つ》けた。

「——ダマしたなぁっ!?　百人の美少女とセックスできるって話じゃないのかよっ！」

魂《たましい》の慟哭《どうこく》が漏《も》れ出《で》る。

そんな俺を、自転車が倒《たお》れても宙に浮《う》かんでるベルがジト目で見てきた。

「夜光《やこう》さまが勝手に誤解しただけ。大体、なんでキレてるの？」

「こんなもん優良誤認《ゆうりょうごにん》だろ！　消費者庁が黙《だま》ってないぞ！」

「何言ってるのか全然分からない」

ベルの瞳《ひとみ》から光が消える。

「他の女とえっちするなんて、わたくしが許すわけない。そもそもできないくせに。わたくしのこと抱《だ》けなかったくせに。寸止めで終わったくせに。エレクトしなかったくせに。女側の気持ちとか全然考えないんだ。そのくせあわよくば百人抱《だ》けるとか考えてたんだ。ふぅん……」

「ご……ごめんって。俺が無神経だったよ……」

「別に、ぜんぜん怒《おこ》ってない」

ふとそのとき、一際《ひときわ》高い打撃音《だげきおん》が響《ひび》いて、俺は空を見上げた。

ボールが美しい放物線を描《えが》いて、フェンスを越《こ》えて飛んで来ている。

ホームランだ。でも見た感じ、着弾点《ちゃくだんてん》は全然離《はな》れたところだろう……、と、思っていたのに、ホームランボールがいきなりロボットアニメのミサイルみたいな軌道《きどう》を描《えが》いて、俺の頭に降ってきた。

——ずごんっ!!

「ぐぁあああああ——————っ!? 痛ぁあああああっ!?」

「どんまい。天罰《てんばつ》」

「ざっけるなお前だろ! やっぱ怒《おこ》ってんじゃないかっ!」

「別に、ぜんぜん怒《おこ》ってない」

こっ、こいつ……顔こそクールだけど実は超絶《ちょうぜつ》ねちっこいタイプの女だ……!

俺たちはしばらく押《お》し問答《もんどう》を続ける。すると唐突《とうとつ》に、事件は起きた。

――から－ん……。から－ん……。から－ん……。

まるで結婚式《けっこんしき》のチャペルで聞くような鐘《かね》の音が、ベルが腰《こし》の辺りに着けてる鈴《すず》のアクセサリ－から鳴《な》り響《ひび》く。

「な……何だ？」

きょとんとする俺。一方でベルの表情は、地震《じしん》でも来たみたいに張《は》り詰《つ》める。

「……居る。近づいてくる」

「――すみませ－ん、そこのお二方――――っ！」

果たしてベルの言う通り、グラウンドの方から女子野球部の子が走ってきた。

ちっちゃくポニテにした髪《かみ》の毛《け》が揺《ゆ》れている。日に焼けた肌《はだ》と快活そうな笑顔《えがお》が印象的で、ユニフォームの左胸に【藤川《ふじかわ》】と名前が書いてあった。

「こちらに、ボ－ル飛んで来ませんでしたか－!?」

あ……そうだ。俺、拾ってんじゃやないか。

「ああ！　これだろ!?」

「はっ、それですそれです！　すみません、投げてくれませんか－!?」

女の子が、グラブを嵌《は》めた左手をぶんぶん振《ふ》っている。

しかしぞわりと違和感《いわかん》が湧《わ》き立《た》ち、投げるどころじゃやなかった。

「な……何だ、あれ……」

──影《かげ》の動きが、本人の動きと全然違《ちが》う。

それが分かる時点で既《すで》におかしい。それぐらい、彼女の影《かげ》が際《きわ》だって大きいのだ。

「……夜光《やこう》さま。見えてる？」

「あ、ああ……」

蠢《うごめ》く影《かげ》は、自分の存在を誇示《こじ》するように両手を広げている。

しかもそいつは俺たちが視認《しにん》したことに気付くと、立体となって地面から出てきた。女の子を後ろから抱《だ》きしめるように、首元と下腹部に手を当て、異形の口でけたけた嗤《わら》う──。

「おい⁉　後ろっ！」

「はいっ？」

女の子が背後を振《ふ》り返る。

だけど全く気が付かないで、首を傾《かし》げるだけだった。

「何もありませんがー⁉　それよりボール、まだですかー⁉」

「……ま、待ってくれ。今投げる！」

とりあえず、ボールを投げ返す。

すると妖《あや》しげな影《かげ》はまた収縮し、元の大きな影《かげ》に戻《もど》った。

上手《うま》いこと胸元《むなもと》に届いたボールを捕《と》ると、彼女は帽子《ぼうし》を取ってにかっと笑う。

「どうもっ！　ありがとうございましたーっ！」

SEIRAN

元気に走って、グラウンドへ戻《もど》っていく。

その背中を見つめながら、俺は答え合わせをする。

「ベル。今のって」

「ん。〈影魔女《シャドウ》〉。それも、かなり成長している。……このままだと」

——あの子は化物に呑《の》み込《こ》まれてしまう。

ベルがそう言うより先に、身体《からだ》が動いた。

「至急、あの藤川《ふじかわ》って子の情報を集めてくれ」

「……え？　じゃあ」

覚悟《かくご》を決めて、俺は頷《うなず》く。

「やろう、【百姫夜行《ひやっきやこう》】。あの子をこっ……、恋に落とすぞ！」

「……いいの？　だって夜光《やこう》さま、無理だって」

「——俺のことはどうだっていいんだよ！」

弾《はじ》かれたように声が出る。

「目の前で人が困ってたら助けるんだよ。無理とか言ってる場合か！」

「……ん。やっぱり夜光《やこう》さまは、わたくしが見初《みそ》めた通りの殿方《とのがた》」

ベルが嬉《うれ》しそうに笑う。蒼《あお》い瞳《ひとみ》の中に、頼《たの》もしい光が輝《かがや》いていた。

「——それじゃあ、やろ。……第一〈姫《ヒロイン》〉、救出開始」

Episode2　ハートのエース

100 Heroines at Your Command?
ヒロイン100人好きにして？

テレビのプロ野球中継《ちゅうけい》でよく見るような、打者と投手が映っているアングルの映像だった。

マウンドに立つ投手の背中には『FUJIKAWA』の名前と、小さなポニーテール。それからエースナンバーである背番号『1』が、堂々とした背中に映《は》えていた。

彼女が両手を大きく振《ふ》りかぶり、脱力《だつりょく》して上げた左脚《ひだりあし》をぴたりと溜《た》めて——。

自分の身体《からだ》ごとぶん投げるようにしならせた右腕《みぎうで》から、矢のような速球が放たれた。

『——ストライク！　バッターアウト！』

『よっしゃ——っ！』

「……うおお。痺《しび》れるな！」

第二理科室の空中に魔法《まほう》で映し出された動画を観《み》て、俺は感動していた。

野球に関してはルールと有名選手ぐらいしか知らない。それでも彼女が抜群《ばつぐん》に凄《すご》いことは、十二分に伝わってきた。

「〈姫《ヒロイン》〉の名前は藤川夏《ふじかわか》澄《すみ》。星蘭高校《せいらんこうこう》二年D組。夜光《やこう》さまと同級生。部活は今見た通り、女子野球部。入学からずっと、エースとして絶賛活躍中《かつやくちゅう》」

「なるほど。エース、か」

この闘志《とうし》溢《あふ》れる投球に、自信満々な立《た》ち振《ふ》る舞《ま》いを見れば納得《なっとく》しかない。マウンド上で笑《え》みすら見せる様子は、まさに怖《こわ》い物なしといった感じだ。

「とても有名な子。で、夜光《やこう》さま、これ見て」

ベルがぱちんと指を弾《はじ》くと、動画が違《ちが》うチームとの試合に切《き》り替《か》わる。

しなやかなフォームで第一球、彼女が指先から糸を引くような直球を投げた。

「ずばん！」と打者から空振《からぶ》りを奪《うば》うと、画面下に球速表示が出る。

【140km／h】

「は、速い……。140キロだと？」

「かつての女子野球の世界最速が137キロ。日本最速が126キロ。今は無き女子プロ野球の平均球速が、110キロ程度……だって。わたくし調査」

「えっ⁉ じゃあ世界一速いのか⁉」

「ん。男子高校野球換算《かんさん》で、大体160キロ超《ご》え。がち天才」

白目を剝《む》いた。凄《すご》すぎる。

こんなド天才体育会系ガールを、俺みたいな童貞眼鏡《どうていめがね》が本当に恋《こい》に落とせるの……？

「こんな野球しか知らなそうな娘《むすめ》が、今から恋《こい》を知ってオチるかと思うとちょう興奮する」

「お前のその自信はどっから湧《わ》いてくるんだ！」

「夜光《やこう》さまから。絶対いける」

ベルはご機嫌《きげん》に腕《うで》に抱《だ》きついてきた。

「わたくしが惚《ほ》れた殿方《とのがた》だもん。他の女が惚《ほ》れないわけない」

「……ば、バカ。ほら行くぞ、次は本人を直接見に行く」

「ん。待って。擬態《ぎたい》する」

そう言うとベルは俺から離《はな》れ、両方の拳《こぶし》を握《にぎ》って猫《ねこ》のポーズを取った。

手首をこねて「にゃん」と呟《つぶや》く。

すると小さな煙《けむり》がぽんっと出てきてベルを包み、なんと可愛《かわい》い猫《ねこ》に変身してしまった。

「おお、すごい！　……でもなんで猫《ねこ》？」

「目立つから。〈姫《ヒロイン》〉の救出中は基本この姿で夜光《やこう》さまに同伴《どうはん》する。にゃれてね」

「ナが言えてにゃいが……分かった。でも人間体じゃダメなのか？」

「ダメ。女同伴《おんなどうはん》で女なんかオトせるわけない。基本夜光《やこう》さまは〈姫《ヒロイン》〉と一対一」

「……な、なるほど」

確かに百理ある。ルーキーとはいえ流石《さすが》はプロだ。

この頼《たの》もしい味方がいるなら、何とかやれるかもしれない。

「よし、じゃあ行こう。目立つから鞄《かばん》にでも入っててくれるか？」

「了解《りょうかい》にゃん」

というわけでベル入りのリュックを背負い、目当ての二年D組の前まで移動した。

他クラスにずけずけと入り込むのは憚《はばか》られるので、ドアの側から様子を覗《うかが》う。

目当ての藤川《ふじかわ》夏澄《かすみ》さんは……、

「……いた。絶対あの子だ」

彼女はまさしくクラスの中心にいて、光を放つように目立っていた。

「──あはははははっ！　それ本当なんですかーっ⁉」

ううう、声がでかいよう……。怖《こわ》いよう……！

しかも絶対自分じゃない誰《だれ》かの机にお尻《しり》を乗っけて、男女混合のイケてるグループできゃっきゃと楽しげに話してる。

「陽キャすぎる……。本当にあの子に〈影魔女《シャドウ》〉が憑《つ》いているのか？」

「そういうもの。〈姫《ヒロイン》〉は一見そうだと絶対分からない。心の闇《やみ》を表に出せないからこそ、〈影魔女《シャドウ》〉の温床《おんしょう》になる闇《やみ》の魔力《まりょく》をためこむの」

なるほど。しかしそれでも意外だ。バイタリティ満点のスポーツ少女って感じなのに。

とにかく朗《ほが》らかに笑うし、『気さく』『距離《きょり》感《かん》が近い』って最強属性も付いてるし……。

「……めちゃモテそう。可愛《かわい》いし」とベルが呟《つぶや》く。死ぬほど分かる。

こんな子が毎日話しかけてくれたら、俺なら絶対好きになっちゃいそうだ。

「それで夜光《やこう》さま、どう？　問題、解けそ？」

「い、いやいや、まだそんな段階にないって。まずは問題が何かを特定しないと」

「そう。……じゃあまずは、夜光《やこう》さまがあの子にアプローチしないとね」

どきっ、と心臓が高く鳴る。

そうだ。実際に動くのは俺なんだ。うおお、今更《いまさら》ながら凄《すご》い緊張《きんちょう》してきた……！

「ど、どうすればいいんだ？　前も言ったが俺は恋愛《れんあい》はからっきしだぞ」

「任せて。作戦は考えてある」

猫《ねこ》になっても、ベルの声音《こわね》は淡々《たんたん》としていて変わらない。それが今は頼《たの》もしい。

「見た感じ〈姫《ヒロイン》〉は凄《すご》く恋愛《れんあい》に疎《うと》い。友情発恋愛《れんあいゆ》行きみたいなじりじりアプローチは、友人《ゆうじん》枠《わく》から抜《ぬ》けられないから下策と考えるべき」

「ま、まあ……。ていうかのんびりやってる時間がそもそも無いんだよな」

ベルが言っていた。もう彼女が〈影魔女《シャドウ》〉に呑《の》まれるまで、一ヶ月も残されてないって。

つまりは、スピード解決が必須《ひっす》になる。

「夜光《やこう》さまはスタート地点から、恋愛対象《れんあいたいしょう》として意識されなきゃダメ」

「う……。いや理屈《りくつ》は分かるが可能なのか？」

「できる。あの子が『天才』を自称《じしょう》するぐらい、野球に自信があるところを利用すれば」

耳を貸して、と言うので、リュックごとベルを耳に近づける。

そこでとんでもない作戦を吹《ふ》き込《こ》まれてしまい、俺はぶんぶん首を振《ふ》った。

「無理無理無理無理……！　できるわけないだろ!?」

「なんで無理？　理に適《かな》ってる」

それは分かってる。でもこれに関しては譲《ゆず》れない。何度もぶつかってきた壁《かべ》なんだ。

「心がついてかないって……！　そんなの平気でできるんなら、今頃童貞拗《いまごろどうていこじ》らせてない！」

「それはそう。だから」

猫《ねこ》の瞳《ひとみ》がきらりと光った。

「そういう問題は、魔法《まほう》でどうにかしちゃう」


どこでもいいから二人きりになれるところに連れてってと言われ、俺は言われるがままに近くのトイレの個室に入り、鍵《かぎ》をかけた。「ここでいいか？」

「ん。ちょっとくちゃいけど、しゃーなし。……にゃん」

ベルがリュックから出てにゃんこポーズを取ると、煙《けむり》と共に擬態《ぎたい》が解けた。

何度見てもどきどきする美少女がいきなり現れ、じりじり顔を近づけてくる。

「ふふ。夜光《やこう》さま、すき……♪」

「っ、お、おい、近い……！」

な、何だ？　またキスでもするつもりか？　いやまさかそんな、

――ずきゅう――――――ん！

本当にそうだと思わないじゃないか⁉

柔《やわ》らかいベルの唇《くちびる》が触《ふ》れて三秒――離《はな》れた瞬間《しゅんかん》から、俺の変化は始まった。

血がマグマになったみたいに身体《からだ》が熱い。蒼《あお》いオーラみたいな光が全身から立ち上る。

「なっ……何だっ？　何したんだ⁉」

「心に光の魔力《まりょく》をエンチャント。つまり、らぶ注入」

どくん、どくん、どくん。心臓が元気だ。

何だろう、この感覚。あえて言葉にするなら……そうだ。

「フ、フハハ……。今なら俺、何でもできる気がしてきたぞっ！」

「そう。これで夜光《やこう》さまは一定時間、無敵の人。自己肯定感《じここうていかん》も爆上《ばくあ》がり」

ベルが手を伸《の》ばして、俺の眼鏡を取る。

普段《ふだん》ならぼやけるはずの視界はくっきりしていて、世界が輝《かがや》いて見えた。

「じゃ、行ってらっしゃい。夜光《やこう》さま」

☽

「失礼する！」

道場破りみたいな感じで、藤川夏澄《ふじかわかすみ》の教室に真っ正面から踏《ふ》み込《こ》んだ。

生徒がさざ波のようにざわめいていく。

「空木《うつぎ》だ」「え、天才の？」「宇宙人の？」「何の用だ」「うちのクラスに……？」

ほほう、いいぞいいぞ。この偉大《いだい》な俺が凡夫《ぼんぷ》たちに畏《おそ》れられているな。大変結構！

左右に割れていく人の中をずかずか進み、俺は藤川夏澄《ふじかわかすみ》の前で仁王立《におうだ》ちする。

「おはよう。藤川夏澄《ふじかわかすみ》さん」

「へっ？　……あっ、昨日ボール取ってくれた人！　おはようございまーすっ！」

藤川夏澄《ふじかわかすみ》は八重歯を輝《かがや》かせ、笑顔《えがお》で俺を迎《むか》えた。

ほほう。この反応……俺に気があるな！

「話すのは初めてか。俺は空木夜光《うつぎやこう》という」

「空木《うつぎ》、夜光《やこう》さん。……あっ、あたし知ってますよ。確かめっちゃ賢《かしこ》い天才の人ですよね？」

「いかにも。俺はめっちゃ賢《かしこ》い天才の人だ」

「おおっ、自信満々ですねー！　天才っぽい！」

彼女は嬉《うれ》しそうに笑い、このこの、と肘《ひじ》で突《つ》いてくる。

「よろしくお願いしますねっ、夜光《やこう》さん。あたしのことは夏澄《かすみ》とお呼びください！」

……むむ。距離感《きよりかん》の詰《つ》め方が凄《すご》いな。

だけど不思議とそれが嫌《いや》じゃなく、元気な犬にじゃれつかれてるような楽しさがあった。

「じゃあお言葉に甘えて、今後は夏澄《かすみ》と呼ばせてもらおう」

「はいっ、ぜひ。それで夜光《やこう》さん、あたしに何かご用でしょうか？」

「うん。君の投げる姿に一目惚《ひとめぼ》れした。俺と付き合ってほしい」

「……えっ？」

夏澄《かすみ》が低い声を漏《も》らしてフリーズする。

教室も水を打ったように、し――――んと静まりかえった。

しばらく間を置いて、夏澄《かすみ》が真っ赤になって笑う。

「あっ、も、もしかしてキャッチボールに付き合ってくれとか、そういう意味ですかっ？　なーんだもう、勘違《かんちが》いしちゃいましたよー！」

「いや勘違《かんちが》いじゃない。君が好きだ。恋人《こいびと》として俺と付き合ってほしい」

「～～～っ!?」

ぼんっ、と火山が爆発《ばくはつ》するみたいに夏澄《かすみ》が赤くなり、

「「「「えぇえええええ――――――――ッ!?」」」」

教室もえらいこっちゃの大騒《おおさわ》ぎになった。

俺は右手をバッと挙げ、注目を惹《ひ》いて黙《だま》らせる。

「ただし！　もちろん、タダでとは言わない。藤川夏澄《ふじかわかすみ》！」

「はっ、はい!?」

「俺と一打席勝負をしよう。それでもし俺が君の球を打てたら、という条件でどうだ？」

今まで呑《の》まれているだけだった彼女の瞳《ひとみ》に、炎《ほのお》が煌《きら》めく。

真っ赤になっていた顔が、すうっと落ち着きを取《と》り戻《もど》した。

「野球に、自信がおありなんですか？」

「フッ。ルールなら知っている」

「……えっ、と？　ご経験は？」

「バットを握《にぎ》ったことすらないが？」

「あ、あのう……それはさすがに……」

「だけど圧倒的《あっとうてき》な自信がある。なぜなら俺は天才だからな」

にやりと笑い、夏澄《かすみ》を煽《あお》ってみる。

すると彼女は、肉食獣《にくしょくじゅう》のようにぎらついた笑《え》みで、しっかりと餌《えさ》に食いついた。

「――いいでしょう。その勝負……受けて立ちます！」

☾

というわけで昼休み、俺たちはグラウンドで勝負することになった。

公開告白なんてしたもんだから話題性は物凄《ものすご》いことになり、グラウンドはプロ野球の試合でも始まるのかって数のギャラリーに囲まれている。

そんな中、当事者の俺はというと、

「――ぴいいい……⁉ 何でこんなに人がっ⁉ 怖《こわ》いぃぃぃ……！」

ネクストバッターズサークルで震《ふる》えていた。

そうなんだ。今は昼前。ベルの魔《ま》法《ほう》はとっくに切れてて全能感も残ってない！

「冷静に考えて、白昼堂々公開告白とかやばすぎるッ……」

明日から恥《は》ずかしくて学校これないかもしれん。マジでどうしよう。

「――問題ない。後始末は任せて」

嘆く俺の元に、救世主がキャッチャーマスクを被《かぶ》ってやって来た。

球審《きゅうしん》のベルカさんである。魔《ま》法《ほう》ですっかり溶《と》け込《こ》んでいる。

「【百姫夜行《ひやつきやこう》】中の出来事は〈姫《ヒロイン》〉救出後、魔《ま》法《ほう》で全部無かったことにする」

「えっ、本当か⁉」

「がち。いい感じに認識弄《にんしきいじ》る。だから終わった後のことは考えなくていい」

「そ、それは朗報すぎる……！」

素直《すなお》に喜ぶ俺に、ベルはキャッチャーマスクを外して続ける。

「それから同じように、〈姫《ヒロイン》〉も救出が終われば認識《にんしき》を弄《いじ》る」

「……あ。そう、か。つまり」

「そう。終われば夏澄《かすみ》は、夜光《やこう》さまに恋《こい》したことも、救出中のことも忘れてしまう」

認識《にんしき》を弄《いじ》るだけだから、全部無かったことになるわけじゃないけど、とベルは言う。

そうか。じゃあ全てが上手《うま》く行っても、この先俺が夏澄《かすみ》と付き合う未来はないのか……。

「——分かった。ならせめて救出中だけでも、夏澄《かすみ》と全力で向き合うよ」

俺は立ち上がり、バットの素振《すぶ》りを始める。

やる気十分だ。しかしそんな俺を見て、ベルは冷ややかに目を細める。

「……なんで、嬉《うれ》しそうなの？」

「えっ⁉」

「夜光《やこう》さま、彼女いないとか、どーてーとか気にしてたのに、その反応は不自然」

ぐっ、目聡《めざと》い……⁉　いやしかしここは切り返すんだっ。

「よ、弱味につけ込むようで後味が悪いからな。病《や》んでる所に取り入って惚《ほ》れさせるなんて、やっぱり卑怯《ひきょう》だろ。全て忘れて幸せになってほしい。これは俺なりの騎士道精神《きしどうせいしん》で」

「急によく喋《しゃべ》るね」

「辛辣《しんらつ》すぎないか⁉　本気で思ってるよ！」

……理由の全部じゃないけど。

しかし一応は乗り切れたみたいだ。そう、とベルが肩《かた》をすくめる。

「そもそも夜光《やこう》さまの伴侶《はんりょ》は、わたくしだけでいい。仮に法や掟《おきて》が許しても、わたくしが絶対に赦《ゆる》さない」

「……そ、それなんだけど、俺が他の女の子を籠絡《ろうらく》しようとしてる現状はいいの？」

「仕事だから、しゃーなし。ハグとちゅーまでは許す」

舌打ちして、ベルは俺から金属バットを奪《うば》う。

「だけど、許してそこまで。……もしもわたくし以外の女と、えっちなことしたら」

「し、したら？」

ぱちんとベルが指を鳴らす。

金属バットがぐちゃぐちゃにひしゃげた後、粉々に砕《くだ》け散《ち》った。

「……夜光《やこう》さまのバットも、こうなっちゃうよ？」

「しっ、しない！　しません‼　ていうかそもそもできないからっ⁉」

「そう。分かればいい」

もう一度ぱちんと指を鳴らすと、バットが一瞬《いっしゅん》で元に戻《もど》った。怖《こわ》すぎるだろ。

「──夜光《やこう》さーん！　あたしは大丈夫《だいじょうぶ》ですけど、そろそろやりますかー⁉」

そんなことをしていると、マウンドで投球練習をしていた夏澄《かすみ》が俺に手を振《ふ》ってきた。

「ああ！　練習を切り上げてくれ！」

はーい！　と元気良く手を挙げたあと、夏澄《かすみ》は最後に一球だけキャッチャーに球を投げる。

ジェット機みたいな剛速球《ごうそっきゅう》が「ずごーん！」とミットに突《つ》き刺《さ》さっていた。

「……夜光《やこう》さま。ほんとに魔法《まほう》かけなくていい？　ホーミングバットとか、能力コピーとか」

身体《からだ》の正面にバットを構えると、表面ににやりと笑う俺の顔が映った。

「必要ない。このままで十分だ！」

「ん。じゃあいこ」

俺はバッターボックスの右打席に入り、夏澄《かすみ》に向かってバットを突《つ》きつける。

「では勝負だ夏澄《かすみ》。約束を違《たが》えるな？　お前が負けたら、嫌《いや》でも俺と交際だ！」

「分かってますよーだ！　そっちこそ、忘れないでくださいね？」

向こうも俺にボールを突《つ》きつけて、にっ！　と歯を見せて笑う。

「夜光《こう》さんが負けたら、一ヶ月、あたしの犬として女子野球部で雑用ですっ！」

「ああ。男に二言はない！」

球審《きゆうしん》のベルが、手を挙げて淡々《たんたん》と告げた。

「――ぷれいぼーる」

「行きますよっ、夜光《やこう》さん！」

「ふはははははっ！　勝負だ、藤川夏澄《ふじかわかすみ》っ！　この世に天才は二人いらぬわぁ――――っ！」

──ずばーん！

「ストライクバッターアウト。ゲームセット。かいさん」

はい……三球三振《さんきゅうさんしん》です……。

扇風機《せんぷうき》のようにバットを振《ふ》り回《まわ》すことしかできず、最後なんか尻餅《しりもち》をついてしまった。

ギャラリーたちは「あー」とか「だよね」とかひとしきり笑い、こぞって帰っていく。

そんな中で俺は、バッターボックスで座り込んだまま、ズレた眼鏡を直して笑う。

「フッ……。これで計算通り……」

だって元々勝つ気なんてなかったし。

そもそも俺のゴールは夏澄《かすみ》の問題を解決してあげることで、彼女と付き合うことじゃない。

だから本当に欲《ほ》しかった景品は『一ヶ月間女子野球部の雑用係をやれる権利』なのだ。

これで毎日夏澄《かすみ》に近づいて、どんな問題を抱《かか》えてるのか観察できる。

ゆえにこれはいわゆる負けイベ。戦略的敗北ってやつだから？

「べ、別に全然悔《くや》しくないし……。存分に笑えばいいさ……」

「夜光《やこう》さま。声震《ふる》えてるよ」

「やかましいっ！　これから放課後は毎日バッティングセンターに通うぞ！」

あくそっ、それはそれとしてめっちゃ悔《くや》しい！

俺は半端《はんぱ》にプライドだけは高いから、実は死ぬほど負《ま》けず嫌《ぎら》いなのだ。

「──夜光《やこう》さん夜光《やこう》さん夜光《やこう》さぁーん！　どうですかっ、参りましたかっ」

飼い主を見つけた犬みたいに、夏澄《かすみ》が満面の笑《え》みでマウンドから駆《か》けてくる。

コケている俺を見下ろして、両腰《りょうごし》に手を当て、えへんと胸を張った。

「凄《すご》いでしょう。勝負はあたしの勝ちですねっ！」

おっ……今まで意識してなかったけど、そのポーズだと結構胸が……。

じゃなくて。俺はバットを杖《つえ》にして立ち上がる。

「夏澄《かすみ》ぃ……」

「なっ……何ですかっ？　今更《いまさら》ノーカンはなしですよ。あたし付き合いませんから！」

びく、と夏澄《かすみ》が怯《おび》えて一歩引く。

こう見ると意外と小さくて、女の子なんだなあと感じてしまう。

「──いや。負けを認めるよ。まいった。完敗だ」

そんな子があんな凄《すご》い剛速球《ごうそっきゅう》を投げられるまで努力したんだから、凄《すご》いよなあ……。

尊敬の眼差《まなざ》しで見つめると、夏澄《かすみ》は更《さら》に後ずさりする。

「なっ……何ですか、敵を褒《ほ》めるなんて。悔《くや》しいとかないんですか！」

「あったけど全部吹《ふ》き飛《と》んだ。凄《すご》いよなあ。まるで打てる気がしなかった」

「あったりまえですよそんなの」

ふふん、と夏澄《かすみ》は鼻を鳴らす。

「あたしは凄《すご》いんですから。天才なんですよ！」

「それはそうかもしれないけど、全ては夏澄《かすみ》の努力あってこそだろ」

俺は天才って言われるのが好きじゃない。

だから滅多《めった》なことがなければ他人には言わないし、その人自身を褒《ほ》めるようにしている。

「――頑張《がんば》る人って美しいよ。夏澄《かすみ》はきれいだ」

素直《すなお》な気持ちを伝えると、夏澄《かすみ》は帽子《ぼうし》を深く被《かぶ》って顔を隠《かく》した。

「〜〜っ。なっ、なんですかもう！　そんな褒《ほ》めたって、雑用はナシにしませんよっ⁉」

「あ、ああ。もちろん、約束は守る」

なかったことにされたら困る。それこそが目的なんだから。

そして俺も俺で、素直《すなお》に負けを認めてばかりではいられない。

「雑用期間、一ヶ月だな。その間、次に備えて夏澄《かすみ》を研究しておくよ」

「……え。次？」

「知ってるぞ。打者って三打席に一度ヒットが打てれば十分合格点なんだろ？　しかも最初の打席は、投手が圧倒的《あっとうてき》に有利だと聞く」

今回のために、ちゃんと予習してきたんだ。

そして俺は勉強や研究の時間を積めば積むほど、自分の強さが出てくる男だ。

「一ヶ月後、もう一度勝負してくれないか。……そ、その……」

……く、くそっ。素面《しらふ》で言わないといけないの恥《は》ずかしい……！

でも頑張《がんば》れ俺。ここは真《ま》っ直《す》ぐで勝負しなきゃ、夏澄《かすみ》の心は打ち取れまい！

「俺は夏澄《かすみ》を諦《あきら》めきれない。もう一度だけチャンスをくれ！」

「……あははっ」

帽子《ぼうし》を取って夏澄《かすみ》が笑う。輝く犬歯がキュートだった。

「いいですよ？　あたし、負《ま》けず嫌《ぎら》いな人、好きです」

「お、おお……。ありがとう！」

「でも約束は約束ですから、ちゃーんと働いてくださいねっ？」

引いていた夏澄《かすみ》が一転、ぐいっと顔を近づけてくる。

日に焼けた顔に滴《したた》る汗《あせ》が綺麗《きれい》で、めちゃくちゃどきどきした。

「——今日から夜光《やこう》さんは、あたしのワンちゃんです！」

☾

というわけでその日の放課後から、女子野球部の練習に参加するようになった。

女子の中に男子が一人混じるとなれば何か言われるかなと思っていたんだけど、意外なことに部員たちからは何も言われなかった。どころか「助かります」「頑張《がんば》ってくださいね……」

と肩《かた》をぽんされた。夏澄《かすみ》がそれだけエースとして信頼《しんらい》されているんだろう、と最初は納得《なっとく》していたんだが、どうもそうじゃないことが練習に通ううちに分かってきた。

あいつ……人使いがめちゃくちゃ荒《あら》いんだ。

「――夜光《やこう》さん夜光《やこう》さん夜光《やこう》さーんっ！　お代わり持って来ましたよっ！」

「何ぃ!?　またか!?」

ベンチに座ってボールを磨《みが》き続《つづ》けてる俺の元に、ボールがどっさり盛られたハコを夏澄《かすみ》が持ってくる。

これで一体何ループ目だよ……。気が遠くなってきた……。

「な、なあ。ちょっとだけ休憩挟《きゅうけいはさ》んでもいいか？」

「えー？　休憩《きゅうけい》？」

「労働基準法で決まってるんだぞ！　人間は長いこと働いたら休まないといけないんだ！」

権利を主張する俺の隣《となり》に、にこにこ顔の夏澄《かすみ》が座る。

人差し指で、俺の顎《あご》をくいっとやった。

「今、夜光《やこう》さんはナニモノですか？　人間なんですか？」

「うっ……。夏澄《かすみ》さんの、犬です……」

「そーですよねー？　犬にほーりつは関係ないですよねー？」

「い、いやいやいや！　生類憐《しょうるいあわ》れみの令《れい》というものもあってだな！」

「あれれー？　人間の言葉が聞こえますねえ？」

「……くぅーん……」

あははっ、と夏澄《かすみ》は楽しそうに笑って、俺の頭をわしわし撫《な》でる。

人としての尊厳が破壊《はかい》されていた。でも正直それでもいいと思いかけていた。

夏澄《かすみ》は帽子《ぼうし》を脱《ぬ》いで、俺の頭に被《かぶ》らせる。

休憩《きゅうけい》しますねの合図だ。側《そば》に用意してあったスポドリを渡《わた》すと、今度は夏澄《かすみ》の方が撫《な》でられた犬みたいに目を細めて喜ぶ。

「調教は順調ですねー？　一ヶ月と言わずずっとにします？」

「わうわう……（首を横に振《ふ》る）」

「あははっ。もういいですってば。一緒《いっしょ》に休憩《きゅうけい》しましょうよ」

なら最初からそう言ってほしいワン……。

お言葉に甘えてしばらくぼーっと練習を見ていると、夏澄《かすみ》がぽつりと溢《こぼ》した。

「あの。どうですか、女子野球は？」

「どうって、何が？」

「……見てて、つまんなくないですか？」

夏澄《かすみ》が不安げに俺の顔を覗《のぞ》き込《こ》んでくる。

いつも自信満々なだけに、凄《すご》く意外だった。

「つまらなくないよ。本当に面白《おもしろ》い。野球には縁《えん》がなかったから、その点でも新鮮《しんせん》だし」

「そ、そうですか。……楽しめてくれてるなら、良かったです」

夏澄《かすみ》はほっとした表情を浮《う》かべ、そのまま困り眉《まゆ》をして笑う。

「人気ないですからねえ、女子野球。とにかくジュヨーがなくて」

「需要《じゆよう》？」

「カッコよくて凄《すご》いプレイを見たいなら男子のプロ野球でいいでしょう？　きらきらした青春！　って感じがいいなら、世間的に認められてる男子高校野球でマネをやればいいし、その
ー……こういうの本当にムカつきますし、口にするのもイヤなんですけど、いやらしい目で見るなら、女子陸上部とか見ればいいいやになっちゃうでしょう？」

夏澄《かすみ》は冷たく目を細める。

「結局『女子野球じゃなきゃダメな理由』が、ないんですよね。今のところ」

「……夏澄《かすみ》」

「えへへ。だからその理由に、あたしがならなきゃいけないんです！」

夏澄《かすみ》がベンチから立ち上がる。

金属バットの打撃音《だげきおん》とグラブがボールを弾《はじ》く音に紛《まぎ》れさせて、小さく呟《つぶや》く。

「……こんなところで、躓《つまず》いてる場合じゃないんだ……」

俺は聞こえなかったフリをして、被《かぶ》せられた帽子《ぼうし》を夏澄《かすみ》に返した。

「投げ込みに戻《もど》るのか？」

「はいっ！　今日も全力投球で行って参ります！　……夜光《やこう》さんも頑張《がんば》ってくださいね？」

「分かってるよ。毎日仕事はしてるだろ」

「そっちじゃなくて、あたしの研究の方ですよ。次は絶対に打つんでしょ？」

挑発的《ちょうはつてき》に笑って、夏澄《かすみ》はまたしても顔を近づけてくる。

グラブを自分の顔の横に付けて、ナイショ話でもするように、吐息《といき》交じりに囁《ささや》いた。

「――勝てたら、あたしのこと、犬にしてもいいですよ？」

「〜〜〜っ!?」

「えへへ、ばーか。絶っ対無理ですけどねー！」

べーっと舌を出してから、夏澄《かすみ》は走って練習に戻《もど》っていく。

俺はその背中を呆然《ぼうぜん》と見つめてから、しみじみと呟《つぶや》いた。

「飼いたい……」

「夜光《やこう》さま、けっこうSだもんね。パソコンの中そういうの多いし」

「……………何で知ってるんですかっ？」

「騎士《きし》の性癖《せいへき》を知るのは魔女《まじょ》のつとめ」

プライバシーってもんがないのか？　魔女《まじょ》の世界には。毎回毎回急に現れるし……。

「こっちの調査は順調。夜光《やこう》さまは？　……問題、どう？」

うん、と俺は頷《うなず》いた。

「実はもう、ほとんど特定は済んでいる。後はベルの情報で裏を取るだけだ」

「え……？　ほんと？」

俺はブルペンで投げ込みをしている夏澄《かすみ》を指差す。

さきほどの可愛《かわい》いらしい表情は一切《いっさい》なく、闘犬《とうけん》のように張《は》り詰《つ》めた顔が美しい。

投げたときに漏《も》れる「しっ」という息や、響《ひび》くミットの音が、全力投球を示していた。

「魔法《まほう》で夏澄《かすみ》の球速を測れるか？」

「ん。じゃ、スピードガンを夜光《やこう》さまの眼鏡に付ける。…………付けた。わたくしも見る」

ずばん、と速球がミットを鳴らしたのち、数字が表示された。

【110km／h】

「……え？　何か……おそい？」

「怪我《けが》をしてるんだよ」

告げると、ベルはぱあっと顔を輝《かがや》かせる。

「じゃあらくしょう。魔法《まほう》で治せば、すぐに解決できる」

「……いや。そんなに簡単な問題じゃない」

中指と親指で挟《はさ》んで上げた眼鏡が、忍《しの》び寄《よ》る宵闇《よいやみ》の中で光った。

「――もっと根深い怪我《けが》だよ。これはな」

それから数日後、ベルの情報収集が進んで、いよいよ夏澄《かすみ》の問題が確定した。

俺とベルは最後の認識合《にんしきあ》わせをするために、ベンチに座って夏澄《かすみ》の練習を見学する。

懸念《けねん》していた『怪我《けが》』は、その日もやっぱり顔を出した。

——ずばん！

マウンドから投じられた夏澄《かすみ》の剛速球《ごうそっきゅう》が、ミットに吸い込まれていく。

【138km／h】

めちゃくちゃ速い。最高速近い、まさに全力投球だ。

バッターはその球に対してバットを振《ふ》るどころか、微動《びどう》だにしなかった。

……その必要がないからだ。

「——ボール！　フォアボール！」

今やっている練習は試合想定の総合打《そうごうだ》撃練習《げきれんしゅう》だから、バッターが出塁《しゅつるい》してしまう。

「夜光《やこう》さま。またふぁーぼーるだね」

「……そうだな。かなり多い。しかも今のなんてストレートの四球だ」

四球は守備が何も介入《かいにゅう》できないまま、タダで走者を出してしまう。

相手との勝負を避《さ》けたいとかでない限り、基本的に一番ダメだとされているらしい。

「夏澄《かすみ》は、元からあんな感じではなかったんだよな？」

「ん。調査結果によると、元々『コントロールが課題』とは言われてたみたい。でもそんなの関係なしのすごいパワーで、並み居る敵全員ごっ倒《たお》してきた。先月開催《かいさい》の女子高校野球リーグの表彰式《ひょうしょうしき》では、年間最優秀投手《ねんかんさいゆうしゅうとうしゅ》にも選ばれてる」

「……ということはこうなったのは、新学年に上がったこの春から、と」

――かきん！

爽快《そうかい》な打撃音《だげきおん》が、俺とベルの話を遮《さえぎ》る。

夏澄《かすみ》の球はサードとショートの間を綺麗《きれい》に抜《ぬ》け、レフト前ヒットにされていた。

険しい顔をした夏澄《かすみ》が、食らい付くように、次の打者に向かって投球を続ける。

……しかし――、

――かきん！

――かきぃん！

――かきぃん！！！

「……打たれ始めたか。ベル」「ん。球速、かくにん」

【110km／h】

「……最高速から30キロダウンか。それでも女子なら破格の速さだが」

しかし夏澄《かすみ》の場合は、話が全く変わってくる。

「普段《ふだん》から140を見てるから、いい感じに打ちやすいって部員は言ってた」

「うちの部は強いらしいしな。ストライクを置きにいくだけの球じゃ通用しないよ」

そして夏澄《かすみ》には、パワーを保ったまま細やかなコントロールを行う技術がない。

あいつは天才とか言ってるけど、本当はまだまだ課題だらけなんだ。

「全力で投げるとコントロールが乱れる。速度を落とすと中途半端《ちゆうとはんぱ》になって通用しなくなる。

この悪循環《あくじゆんかん》が、発作《ほつさ》のように起こってしまうことがある。その発生条件は——」

「ん。あの子の打順、近づいてきたとき」

ベリーショートの、肩回《かたまわ》りが分厚い女の子がネクストバッターズサークルから立ち上がる。

大きい。身長は百七十以上あるだろう。

彼女が慣らしで軽くバットを振《ふ》るだけで、しなやかなフォームから凄味《すごみ》が放たれる。

俺が唾《つば》を呑《の》むのと同時、外野手たちが全員後退していった。

「名前は由川花希《よしかわはなき》さん、だったな」

「ん。あれでまだ、四月に入ってきたばかりの一年生」

ちょうど、夏澄《かすみ》が調子を崩《くず》し始《はじ》めた時期と符合《ふごう》する。

左打席に入った由川《よしかわ》さんは、下からバットを大回しした後に、弓を引くようにバットを立てて構えるルーティンを行った。

「あれ、イチローさんのルーティンだよな。……あ、ベルは知らないか？」

「だいじょぶ。インターネットでも有名。やベーやつだよね？」

「ま、まあ雑な理解だがそれでいいよ。それで由川《よしかわ》さんの情報は？」

「これまたやベーやつ。中学の頃《ころ》から、既《すで》に夏澄《かすみ》レベルで有名だった」

ベルが淡々《たんたん》とその言葉を紡《つむ》ぐ。

「『天才』だって」

「……夏澄《かすみ》が噛《か》みつくには十分だな」

調べたらすぐに明らかになった。

夏澄《かすみ》は由川《よしかわ》さんが入部してすぐ、白昼堂々一打席勝負を挑《いど》みにいったらしいのだ。

——同じ天才は二人もいりません。どっちが強いかあたしと勝負です！

そして、その結果は——。

「——ボール！」

思考を遮《さえぎ》って、夏澄《かすみ》の球が激しくミットを鳴らした。

狂犬《きょうけん》みたいな形相の夏澄《かすみ》と、クールにバットを構える由川《よしかわ》さんが睨《にら》み合《あ》う。

真剣勝負《しんけんしょうぶ》のひりついた空気が、離《はな》れていても伝わってきた。

――ボール！

――ボール！

――ボール！　スリーボール！

【139km／h】

「……ダメか」

速いが外れる方のパターンだ。あっという間に夏澄《かすみ》は自滅寸前《じめつすんぜん》となり、汗《あせ》を拭《ぬぐ》う。

次の四球を出せば押し出しで一点入る。そんなみっともないのは絶対イヤだ。

じゃあまた遅《おそ》い球で置きに行くの？　……いやダメ。この相手にそんなの絶対通用しない。

じゃあ、他に何を投げたらいいの？　どんな球なら抑《おさ》えられるの？

一体あたしはどうしたらいい……？

ああ、でも、とりあえず投げなくちゃ――。

……そんな迷いが透《す》けて伝わってくるような、中途半端《ちゅうとはんぱ》な一球だった。

投じた瞬間《しゅんかん》に末路が見えるようで、俺は思わず目を瞑《つぶ》る。

……知らなかった。

本当に芯《しん》を食った打撃《だげき》の音というのは、心を砕くように、ここまで硬質《こうしつ》に響《ひび》くのか。

「――――――――」

世界を終わらせる流星を見るように、誰《だれ》もが呆然《ぼうぜん》と、茜空《あかねぞら》に消える白球を見上げていた。

「……すごい。天才だね」

魔女《まじょ》であるベルでさえ、そう呟《つぶや》く。

夏澄《かすみ》だって、入学したときは同じ事を言われていたはずだ。

だけど、今は――。

「……夏澄《かすみ》」

見る影《かげ》もなく、彼女は痛切な表情で左胸を押さえて俯《うつむ》いている。

砕《くだ》かれてしまったハートを、誰《だれ》にも見つからないように隠《かく》して――。

☽

――イップス。

何かのトラウマのせいで身体《からだ》が上手《うま》く動かなくなり、プレイに影響《えいきょう》が出てしまうこと。

いわゆる心の怪我《けが》のことを、スポーツの世界ではそう呼ぶ。

ではなぜ、夏澄《かすみ》がそのイップスに陥《おちい》ってしまったのか？

それは調査で、既《すで》に明らかだ。

――新たな天才である由川《よしかわ》さんに完璧《かんぺき》に打《う》ち砕《くだ》かれ、それがトラウマになってしまった。

彼女に恋《こい》してもらうのは別として、この問題を解決してあげるのが俺のゴールだ。

とりあえず一番シンプルな少年漫画的解決法《しょうねんまんがてきかいけつほう》は、すぐに浮《う》かぶ。
イップスの原因となった由川《よしかわ》さんを、今度は夏澄《かすみ》が完璧《かんぺき》に打ち取ればいい。……が。
これは不可能とは言わないが、現実的ではない。
それも今日の練習を見ていれば残酷《ざんこく》なぐらい分かる。由川《よしかわ》さんは格が違《ちが》いすぎる。
仮にn打席に一度夏澄《かすみ》が打ち取れたところで、イップスの根治には繋《つな》がらないだろう。
魔法《まほう》でズルして勝たせまくる、というのも同様にダメだ。対症療法《たいしょうりょうほう》にしかならない。
となれば考えられる解法は………今のところ、二つかな。
そのどちらを選ぶかは、夏澄次第《かすみしだい》だろう。
俺だけ考えていても仕方がないと、練習解散後に夏澄《かすみ》と話しにいくことにした。
宵闇《よいやみ》の中、夏澄《かすみ》はベンチで一人、ぽつんとグラブを磨《みが》いている。
表情は虚《うつ》ろで、捨てられた犬みたいに切なそうだ。見ているだけで胸が痛くなる。
俺如《おれごと》きに一体何が言えるだろうと、考えても分からない。
だけど側《そば》で話しかけてあげることだけが、唯一《ゆいいつ》の正解であることは分かっていた。
「……お疲《つか》れ様《さま》。夏澄《かすみ》」
ベンチの隣《となり》におそるおそる腰《こし》掛《か》けると、夏澄《かすみ》がこちらを振《ふ》り向《む》く。
その表情は、

「──お疲《つか》れ様《さま》ですっ、夜光《やこう》さん！」

教室で居るときと見分けが付かない、輝《かがや》くような笑顔《えがお》だった。

……ああ。この子はただの、元気で明るい子なんかじゃない。

弱味を見せないポーカーフェイス──。

マウンドを降りても、藤川《ふじかわ》夏澄《かすみ》は無敵のエースなんだ。

「……ど、どうしたんですか？　泣きそうな顔して。あたしで良ければ話聞きますよっ？」

「な、んでもない……ッ」

こみあげるものを、辛《かろ》うじてこらえた。

頑張《がんば》らないと。このポーカーフェイスを崩《くず》してあげない限り、夏澄《かすみ》はずっと抱《かか》え込《こ》む。

「夏澄《かすみ》は、いつも一人だな。みんなと寄り道したりしないのか？」

「うーん、しませんねー。時間がもったいないので」

「……もったいない」

「はいっ。このあと練習したり、研究したりしたいので。野球以外のことに使う時間は、もったいないです！」

「……なるほどなあ」

夏澄《かすみ》の側《そば》には誰もいない。

それは圧倒的《あっとうてき》な実力と実績で近づきがたいというのもあるし、彼女の気質のせいでもある。

「仲間から得られるものは、ないか？」

「ないとは言いませんけど、結局マウンドではひとりですから。ピンチに『誰《だれ》か助けて』ってみんなに言っても、代わりに投げてくれるわけじゃない。結局頼《たよ》りになるのは自分ですよ」

「でも普段《ふだん》仲良くしていたら、思わぬ助言とかくれるかもしれないぞ？」

「……どうですかねー。あたしより野球が上手《うま》い人からなら、聞くかもしれませんけど」

——うーん。やっぱり我が強い。

糖衣で包むように敬語を使ったり、教室では明るい一面ばかり見えるから分かりにくいけれど、野球が絡《から》むと俺様《おれさま》な部分が浮《う》き彫《ぼ》りになってくる。

そういう部分が、全て悪だとは言わない。

この我があったからこそ、夏澄《かすみ》はこんな高みまで登ってこられた。

だけどこの我があるからこそ、コケたときに誰《だれ》の手も貸りられない。全ては表裏《ひょうり》一体《いったい》だ。

「自分の課題は、自分でどうにかするんです……。今までだってずっとそうしてきたんです。だからこれからもそうしていきます。……大丈夫《だいじょうぶ》です。あたしは、大丈夫《だいじょうぶ》」

だって、と夏澄《かすみ》はいつものように笑おうとする。

「あたしは、天才なんですから……」

だけど、無敵のエースも疲《つか》れには勝てないんだろう。

普段《ふだん》の笑顔《えがお》との違《ちが》いがはっきりと分かるほど、夏澄《かすみ》は憔悴《しょうすい》しきっていた。

……さあ、仕掛《しか》けるか。

心が痛むけど、彼女を打《う》ち崩《くず》せるとしたら今しかない。

「夏澄《かすみ》は、自分がそんな『天才』のままでいいと思ってるのか？」

夏澄《かすみ》は変わらぬ笑顔《えがお》を貼《は》り付《つ》けた。

「はいっ。もちろんです。同じ天才ですし、夜光《やこう》さんなら分かってくれますよね？」

「いや。悪いが全く理解できない」

俺はずばりと斬《き》り込《こ》んだ。

夏澄《かすみ》が唖然《あぜん》としている。だけど俺も腹を決めた以上は、中途半端《ちゅうとはんぱ》にためらわない。

「俺は、そのままでいいわけないと思う。夏澄《かすみ》は変わらなきゃいけないよ」

「……え。な、何を……」

「だって現状、全然上手《うま》くいってないじゃないか？　このままじゃ夏澄《かすみ》、終わっちゃうぞ」

強い言葉で突《つ》き刺《さ》すと、彼女の肺から生々しい息が漏《も》れた。

外野の分際で何様のつもりだと内なる自分が言う。だけどそれを抑《おさ》えてでも、俺は言う。

「イップス、なんだろ？」

「――っ、違《ちが》うっ!!　あたしは、イップスなんかじゃないっ！」

グラブを地面に叩《たた》き付《つ》け、夏澄《かすみ》が弾《はじ》かれたように立ち上がる。

普段《ふだん》道具を大切にする彼女がそうすることが、図星を物語っていた。

「あたしが……っ。天才のあたしが、そんなものになるわけない！」

夏澄《かすみ》が強く俺の肩《かた》を掴《つか》む。

死体みたいに開かれた瞳孔《どうこう》には、光がなかった。

「これだから素人《しろうと》は困るんです。ちょっと打たれて見えたからって！　……いいですか？　最近打たれているのはわざとです。色々と研究しているだけなんです。配球やフォームを変えたり、新しい試みにチャレンジしているから最初は上手《うま》くいかなくて当たり前なんです。あたしはイップスなんかじゃない。花希《はなき》に打たれたからって何も変わってない、何も、おかしくない、打たれれば打たれるだけ前に進んでるし、それは成長なんです、失敗の分だけ前に進んでるんです。あたしは変わってない。イップスじゃない。ちがう、ちがう、ちがう……！」

言葉を突《つ》き刺《さ》した傷口から、汚泥《おでい》のような闇《やみ》が溢《あふ》れ出《で》てくる。

だけど望むところだった。全て受け止めてあげたかった。

一度膿《うみ》を出し切らないと、夏澄《かすみ》は前へと進めない。

「——聞いてるんですか、夜光《やこう》さんっ!?」

「聞いてるよ。でも響《ひび》かない。それは本当に、夏澄《かすみ》が心から思ってることなのか？」

「……っ」

夏澄《かすみ》が俺の両肩《りようかた》を掴《つか》んでいるように、俺も夏澄《かすみ》の両肩《りようかた》を掴《つか》み返《かえ》した。

がっぷり四つだ。向き合ってやる……！

「変化を否定するのは、怖《こわ》いから。新しいことを覚える苦労がイヤだから。違《ちが》うか？」

「全然違《ちが》うっ！　あたしは野球上手《うま》くなるためなら、何も怖《こわ》くないもん！」

「本当か？　逃《に》げないか？」

「当たり前でしょ！　あたしが逃《に》げるわけないじゃん！」

「じゃあ俺が提案する『変わるための特訓』に、逃《に》げずに取り組めるか？」

きょとんとする夏澄《かすみ》に、俺は畳《たた》みかける。

「天才の俺が考えた特別メニューだ。それで夏澄《かすみ》が変われたら俺も嬉《うれ》しいし、やっぱり合わないなと思ったら、やった後に忘れてしまえばいい」

だけど、と最後に一押《ひとお》しする。

「やるからには、言い訳なしの全力で取り組んでほしい。どうだろう？」

「い……いいですよっ!?　そこまで言うんなら、やってやろうじゃないですかっ！」

がつん、と夏澄《かすみ》がおでこに頭突《ずつ》きをしてくる。

「だれが逃《に》げますかーっ！　あたしは天才なんですよっ!?」

……バカだなあ。すーぐ熱くなって勝負する。

だからこんな痛い目に遭《あ》って――だからこそ、エースなんだ。

「それで、特訓って何するんですか？」

「うん。そ……それなんだが」

俺は深呼吸を何度もしてから、顔を真っ赤にして叫《さけ》ぶ。

「こ……今週の日曜、俺とデートしてもらおうっ！」

「はぃいい————っ!?　デェトっ!?」

そして来たる日曜日のお昼前。

俺はそれなりにおしゃれして、待ち合わせ場所の宵街中央駅前《よいまちちゅうおうえきまえ》で待っていた。この辺りは宵街市《よいまちし》の中でも特に栄えていて、飲食店や映画館、ショッピングモールまで何でもござれの中心街だ。休日の昼下がりということもあって、駅前は人でごった返している。

俺は腕時計《うでどけい》をちらちら見つつ、人混みを確認《かくにん》してるんだけど——。

「……来ないな。まさかすっぽかされたか……？」

「だいじょぶ。夏澄《かすみ》の〈影魔女《シャドウ》〉の反応、ちゃんと接近してる。もうすぐ着くよ」

隣《となり》でベルが確認《かくにん》してくれたので、そうかと胸をなで下ろす。

……が、それはつまりもうすぐ来るのが確定するってことで、改めてドキドキしてきた。

だ、大丈夫《だいじょうぶ》かな？　服ダサいって思われないかな？

デートコースの暗記はリカバリプラン含《ふく》めて完璧《かんぺき》か!?

「くっ……ま、まずい。この俺が暗記で不安になるとは、デートには魔物《まもの》が棲《す》むのか⁉」

「いない。夜光《やこう》さまがアホなだけ」

「アホって言うな！　俺は賢《かしこ》いんだぞ⁉」

「あり得るデートコースの全分岐《ぜんぶんき》と会話パターンを徹夜《てつや》で丸暗記して挑《いど》む人が、賢《かしこ》い……？」

はい……。アホです……。

でもしょうがないじゃないか。経験なんてほとんどないから不安なんだよ！

「――すっ、すみません夜光《やこう》さぁーん！　遅《おそ》くなってしまいました――――っ！！！」

ベルが猫《ねこ》に変身してリュックに潜《もぐ》り込《こ》んでいく。

ま、まずい。来ちゃった。まだ心の準備ができてないのに！

いや落ち着け、事前に暗記した通りに行動すればいいんだ。ここは「大丈夫《だいじょうぶ》、気にしないで。俺も今来たところだよ」ってイケメンっぽく振《ふ》り返《かえ》り、余裕《よゆう》をアピールだ。

「大丈夫《だいじょうぶ》、気にしない……………で………………」

振《ふ》り返《かえ》るなり、俺はフリーズしてしまう。

そのまま数秒間頑張《がんば》っていたけど、堪《た》えきれずに吹《ふ》き出《だ》してしまった。

「あぁあっ⁉　ちょっと、夜光《やこう》さん！　人を見て笑うなんてっ！」

「い、いやすまん！　わ、悪気はないんだけど、しかし……っ」

俺はぷるぷる震《ふる》えながら、夏澄《かすみ》を指差す。

「その格好で、笑わない方が無理だろ……！」

夏澄《かすみ》の服装は、奇抜《きばつ》を通《とお》り越《こ》して意味不明だった。

例えるなら罪深き科学者が生んでしまったおしゃれキメラ。何で帽子《ぼうし》を三個被《かぶ》ってるんだよ。

その幸せなサングラスはどこで売ってる？

「一体、どうしてこんな姿に……」

「う、うぅう……！　自分でも分かりませんようっ！」

夏澄《かすみ》は林檎《りんご》みたいに真っ赤になって、三つの帽子《ぼうし》を地面に叩《たた》き付《つ》けた。

「何着て行けばいいか、夜から考えて考えて考えてるうちにワケわかんなくなっちゃって！

気付けば朝になってて、時間になって出なきゃだったんですよっ！」

「え、えぇ……。別に普段着《ふだんぎ》で良かったのに」

「そっ……、それはダメ、でしょう。……いくらなんでも……」

紅《あか》くなった顔を、夏澄《かすみ》は帽子《ぼうし》を深く被《かぶ》って隠《かく》そうとする。

だけど帽子《ぼうし》は投げ捨ててるから空振《からぶ》りになって、更《さら》に恥《は》ずかしそうに紅《あか》くなった。

「……や、やるからには本気でやるって、言いましたし、その……………ええと………」

「何だ？」

「っ……じ、人生初デートなんですよっ、あたし！　気合い入れて文句ありますかっ⁉」

「……いや。あるわけない」

可愛《かわい》すぎて俺も頬《ほお》が熱くなってきた。凄《すご》く幸せな気分だ。

──なんだ。……緊張《きんちょう》してるのは、俺だけじゃなかったんだな。

「よし。じゃあ、まずは服から見に行くか！」

☽

「や、夜光《やこう》さん。夜光《やこう》さーん……。夜光《やこう》さぁーん………。い、いますかぁ……？」

か細く情けない声が、試着室のカーテンの奥から漏《も》れてくる。

「いるぞー。着替《きが》え終わったのか？」

「お、終わりましたけどぅ……。や、やっぱりあたしにこんな服似合いませんよぅ……」

……珍《めずら》しいな。夏澄《かすみ》がしおらしい。

これは是《ぜ》が非《ひ》でも、日頃《ひごろ》の借りを返してやりたくなってきた。

「ね、ねえ夜光《やこう》さぁーん……。元《もと》に戻してもいいですか？」

「駄目《だめ》だ。開けるぞ。3、2、1──」

「きゃ────っ⁉　ままま、待ってよ！　自分で開けるってば！　夜光《やこう》さんの変態！」

夏澄《かすみ》はうろたえると、こうして敬語が崩《くず》れる。

この調子でどんどん乱してやるぞと得意げになってたら、すぐに逆襲《ぎゃくしゅう》をくらった。

夏澄《かすみ》が、おずおずとカーテンを開く。

「……あ、あの……。どうです、か……？」

意識が宇宙まで吹《ふ》っ飛《と》んだ。

春らしいパステルカラーに身を包み、おしゃれなスカートを穿《は》いた夏澄《かすみ》は見違《みちが》えるようにガーリッシュで可愛《かわい》いらしい。いつもは括《くく》っている髪《かみ》も服装に合わせて下ろしていて、それが凄《すご》く大人っぽくて、破壊力《はかいりょく》が……！

「あ、あはは。……やっぱり、似合わないですよねー。こんなの……」

「っ、そ、そんなことない！！！」

しまった。不安にさせてしまった！　褒《ほ》めないと。いやでも……可愛《かわい》すぎる⁉

俺は目を合わせられず、蚊《か》の鳴くような声を絞《しぼ》り出《だ》す。

「……似合ってる。……その、か、わいい……と、思う。……直視、できない…………」

くそっ。俺は一体いつになれば、女子に平気で可愛《かわい》いって言えるんだ⁉

無力を噛《か》み締《し》めていると、俯《うつむ》いている先に夏澄《かすみ》が顔を回り込ませてきた。

「うわぁっ⁉」エビみたいに俺は飛《と》び退《の》く。

「あははっ！　夜光《やこう》さぁーん、顔真っ赤ですよ～？」

まずい。ニヤニヤしてる。形勢が⁉

「あたしより夜光《やこう》さんの方が可愛《かわい》いですね〜？」

「かっ……可愛《かわい》くないっ！　そんなこと言われても嬉《うれ》しくないっ！」

「ほんとに可愛《かわい》い反応のやつじゃないですか。あははっ」

夏澄《かすみ》は八重歯を見せて無邪気《むじゃき》に笑う。

そうしていると普段通《ふだんどお》りなのに、姿はいつもと違《ちが》うから、頭がバグりそうになる……！

「なんか夜光《やこう》さんって、なんか思ってたのと全然違《ちが》いますねー？」

「え……俺が？」

「だっていきなりド直球で告白してきた人と同じとは思えないですもん。そんな真っ赤になっちゃって」

「ウッ……。それは……」

魔法《まほう》使ってズルしてたんです、とは言えないから。

「だ、大事な勝負所で自分を強く見せるのは当たり前だろう。ポーカーフェイスだよっ」

「へー。じゃあ、素はこっちなんですか？」

「……そうだよ」

くそ。なんて情けないんだ俺は。もっとカッコよくなりたい！

「じゃあ、良かったです」

「何がいいんだよ」

「……こっちの方が、好きだもん。あたし」

敬語を崩《くず》して、夏澄《かすみ》はしおらしく微笑《ほほえ》む。

「こういうカンジは、だめ、かな？　……夜光《やこう》、くん」

俺はするりと笑い返した。

「ダメじゃない。俺はどっちも好きだ」

「あはは。よくばり。……ねえ、この服本当にもらっていいの？」

「ああ、運良く来店一万人めだったらしいからな。遠慮《えんりよ》なく好きなのを選んでしまおう」

もちろんベルが魔法《まほう》で仕込んだんだけど。

さすがに服は高すぎて、奢《おご》られた側が恐縮《きようしゆく》してしまうからな。

「じゃああたし、これがいい。このまま着てく！」

「うん、いいんじゃないか。じゃあ、次行くか？」

「うん！　……でも今日、特訓って言ってたけど何するの？」

もちろん、これはただのデートじゃない。ちゃんと夏澄《かすみ》を救うために考えたものだ。

「今日のデートは、『もしも藤川夏澄《ふじかわかすみ》に野球がなかったら』のパラレルワールドだ」

「あ、あたしに、野球がなかったら？」

「今、夏澄《かすみ》は野球にのめり込みすぎて視野狭窄《しやきようさく》になっている。リフレッシュという目的も兼《か》ねて、一度野球以外を思いっきり楽しんでみてほしい。そこに新しい可能性を探《さぐ》るんだ」

「……シ、シヤキョウサク……カノウセイ……」

「変化を取り入れるための第一歩だよ。夏澄《かすみ》は何か、野球をしているからできなかったことはないか？　時間がないから諦《あきら》めたことでもいい。今日は一日それをやっていこう」

夏澄《かすみ》は頭から煙《けむり》を出すように考え始める。

そしてたっぷり時間をかけたあと、自分の手元を見て呟《つぶや》いた。

「じゃあ………爪《つめ》を、塗《ぬ》ってみたいなー……なんて……」

「おお、いいじゃないか。確かに野球をしてたら難しいもんな。じゃあネイルサロンに行ってみよう。……他には？　例えばスタバの新作を飲んでみるとか」

「あっ、いいね！　みんなやってるやつだ！」

「SNSに上げてみるのもいいな。なんなら映《ば》えるごはんでも食べに行くか？」

「ううん。ごはんは、普通《ふつう》のファミレスとかがいいな。マックとかでもいいかも。……みんなが、練習の後に一緒《いっしょ》に行ってる、『普通《ふつう》』のやつがいい」

ぐっ、と拳《こぶし》を握《にぎ》りこんで。

夏澄《かすみ》は力入れまくりで笑った。

「が、頑張《がんば》る！　今日はとことん、野球を忘れるから！」

「ああ。……じゃあ、行こうか」

そのあと、ひとしきり遊んだ。

自分で言うのもなんだけど、中々に良《い》いデートだったと思う。

服を着替《きが》えてからは夏澄《かすみ》も楽しんでくれていたし、そこに嘘《うそ》はなかったと信じたい。

「——夜光《やこう》さま。……そろそろ、着くよ」

「ああ、ありがとう。俺の方は起きている」

ベルが運転するタクシーの後部座席から、車窓を眺《なが》める。

外はもうすっかり真っ暗で、きれいな星々が夜景とともに後ろへ流れていく。

「……夏澄《かすみ》の方は、まだ眠《ねむ》っているけどな」

振《ふ》り向《む》くと、肩《かた》には充電《じゅうでん》が切れたみたいに眠《ねむ》る夏澄《かすみ》の頭がよりかかっている。

女の子の生々しい温かさと香りにどきどきするけれど、それよりも、少しでも休んでほしいという慈《いつく》しみの気持ちが大きかった。

「信頼《しんらい》されてるね。……今日のデート、なしでも全然いけたかも？」

「いや。絶対に必要な時間だったよ」

慈《いつく》しむように、俺は夏澄《かすみ》の頭を撫《な》でた。

「こうして野球以外で幸せになる方法もあるって、夏澄《かすみ》にはちゃんと知ってほしかったんだ」

「……結局最後は、あそこに行くのに？」

「解法はあればあるほどいいんだよ。大事なのはそんなことじゃない」

結局、人間の問題に唯一解《ゆいいつかい》なんてありはしない。

それが分かった上で、あえて俺が『正しい解法』を定義するのなら――。

「答えは自分で選ぶ。そして選んだからには、正解にするために生きていく。それだけだよ」

「……そうだね。夜光《やこう》さま、着いたよ」

「分かった。俺に掛《か》ける魔法《まほう》は？」

「もう終わってる。そのまま決めてきて」

ぐっ、と親指を立てるベルに礼を言い、俺は夏澄《かすみ》の肩《かた》を優《やさ》しく揺《ゆ》すった。

「夏澄《かすみ》。起きてくれ」

「…………ん、ぁ？　…………っ、ご、ごめんなさい。……夜光《やこう》くん。ここ、どこ？」

俺は隠《かく》しておいた道具類を夏澄《かすみ》に手渡《てわた》し、微笑《ほほえ》む。

「元の世界だ」

ナイターの白い光に、その場所は照らされている。
星蘭高校女子野球部《せいらんこうこう》の練習グラウンドに、俺たちは二人きりだった。
グラブとボールを持って、俺はホームベース近くのキャッチャーの位置に立つ。
「夏澄《かすみ》——……」
準備できたぞと呼びかけるはずの声が、尻切《しりき》れになった。
しばらくそのまま、見ていたくて。
「——————————」
マウンド上の夏澄《かすみ》は、黙《だま》って背中を向けている。
歩いてきた道のりを振《ふ》り返《かえ》るように、遠くを見つめている。
夏澄《かすみ》が着ているのは、今日買った新しい服のままだ。
だけど彼女がただそこに立っているだけで、その背に負ってきた背番号『1』が。
ただひとりその場所で戦い続けてきた生き様が。
俺には、はっきりと見えた気がした。
「……こんな格好でマウンドに立つなって、昔のあたしが見たら怒《おこ》るだろうなー」
夏澄《かすみ》が振《ふ》り返《かえ》って、胸の前でグラブを開け閉じする。
俺は促《うなが》されるままにボールを投げるが、制球が乱れて少し高くなってしまう。
だけど夏澄《かすみ》は元気な犬みたいに、楽しそうに飛びついてキャッチした。

「あははっ。へたくそ」

「うるさいなあ。届くだけいいだろ」

軽口と一緒《いっしょ》に、しばらくキャッチボールをする。

ぱしん。ぱしん。ぱしん。ぱしん。無言に心地《ここち》良《よ》いグラブの音。

ばしん――俺がギアを上げて、口を開いた。

「どうだった？『もしも藤川夏澄《ふじかわかすみ》に野球がなかったら』の世界は」

「つまんなかった」

夏澄《かすみ》がボールを投げ返す、

「……って、言うつもりだったのになー」

フリをした。

腕《うで》を振《ふ》ったが、ボールは持ったままだ。

「おのれ。すっごく、楽しかった。特別な一日になっちゃったじゃん」

「……そうか。それなら良かった」

「『普通《ふつう》』なんて、ないんだね。あたし知らないうちに見下してた。ヤなやつだった」

夏澄《かすみ》は両腰《りょうごし》に手を当てて、まるで決め球が打たれたみたいに苦笑《くしょう》する。

「夜光《やこう》くん。あたしね、世界を変える夢があったの」

「夢？」

「うん。160キロをぶん投げて、完全試合をしまくる夢」

にっ！　と夏澄《かすみ》は強く笑う。

「そしたらみんな、あたしに注目するでしょ？　人気の無い女子野球でも興味を持ってくれるでしょ？　そこからやってみたいって子が沢山《たくさん》出てきて、女子野球は一躍《いちやく》人気になるの」

「なるほど。それは世界が変わるなあ」

「うん。だからやってやろうって思ったの。絶対できるって思ってたし、その通りになってたんだよ？　……でもね」

夏澄《かすみ》の表情から、笑顔《えがお》が消える。

「最近、コケちゃって、さ」

「……うん」

「大好きだった野球が、すっごく、しんどい。……打たれるたびに、消えたくなって。こうやって野球から離《はな》れると、ほっとしてる自分がいて」

それから、と夏澄《かすみ》の目が潤《うる》む。

「夜光《やこう》くんといると、たのしくて。……もう、全部いいかなあって、思っちゃって」

握《にぎ》ったボールに目を落とす。

その爪先《つまさき》は、可愛《かわい》いピンク色に塗《ぬ》られている。

「ほんとは分かってたんだ。あたしが『特別』に思ってるのはとっても小さな世界で、みんな女子野球なんて知らないで楽しく生きてるんだーって。あたしが『天才』であろうとなかろうと、世界はぐるぐる回っちゃうんだって」

「……そうだな」

「……あたし、野球忘れた方が、幸せになれるね」

俺は深く、目を閉じた。

そうか。そうなったか。だけどそれが、夏澄《かすみ》の選んだ答えだって言うんなら。

俺は全てを受け入れて、彼女を抱《だ》きしめよう——。

「——でもね」

空気の揺《ゆ》らぎを感じて、俺ははっと目を開く。

ワインドアップモーション——祈《いの》るように合わせた夏澄《かすみ》の両手が振《ふ》り上《あ》げられて、次の瞬間《しゅんかん》には、俺のグラブは後方に吹《ふ》っ飛《と》ばされていた。

本当に投げたのか、分からなくなるぐらい速かった。

だけど凄《すさ》まじい速球が投げられたことを、俺は確かに思い出すんだ。

何度も見惚《みと》れてきた、全力を投じた後のそのフォームで。

「——あたし、思い出しちゃいました。夜光《やこう》さん」

ポーカーフェイスのエースが笑う。

どんな闇《やみ》でも呑《の》み込《こ》んで、それでも藤川夏澄《ふじかわかすみ》はマウンドに立って投げるのだ。

「やっぱり、忘れられません。あたしが一番好きなのは、野球なんです」

「……お前を不幸にする、悪い奴《やつ》だぞ？」

「そうですね。夜光《やこう》さんと付き合った方が、絶対幸せになれると思います」

「なら――」

「――だけど、ここにいるほどドキドキしない」

ぐっ、と心臓を掴《つか》んで。

夏澄《かすみ》は自分の答えを示すように、晴れやかに笑った。

「野球のないあたしなんて、ありえません。ここがあたしの場所なんです」

「……そうか」

夏澄《かすみ》は答えを選んだ。だからここからは、俺の出番だ。

――必ず助け出してやる。

「夏澄《かすみ》。今からもう一度、俺と勝負してくれないか？」

「え……？」

「俺が負けたら、夏澄《かすみ》のことは潔《いさぎよ》く諦《あきら》める。もう二度と付き合えなんて言わないよ」

「……あたしが負けたら？」

「潔《いさぎよ》く野球を辞《や》めて、俺と付き合ってくれ」

まさに真剣《しんけん》を抜《ぬ》くように、最後の勝負を持ちかける。

もう、後ろには戻《もど》れない。

「素人《しろうと》の俺に打たれるようじゃ、夏澄《かすみ》は終わりだ。見切りを付けて幸せになれ」

「…………分かりました」

強い風が、砂埃《すなぼこり》を巻き上げる。

「――その勝負、受けて立ちます」

ひりついた空気が、夜を満たしていた。

☾

投球練習はなかった。

静かな闘志《とうし》を宿して、夏澄《かすみ》はマウンドで構えている。

俺もまた、無言でバッターボックスに入る。

ただし――入るのは前回の勝負とは違《ちが》う、左打席だ。

「……え……？」

「――行くぞ、夏澄《かすみ》。乗《の》り越《こ》えて見せろ」

魔法《まほう》に掛《か》けられた俺の身体《からだ》が、その動きをなぞる。

下からバットを大回しした後に、弓を引くようにバットを立てて構えるルーティン――。

夏澄《かすみ》の心を壊《こわ》した元凶《げんきょう》である、由川《よしかわ》さんのルーティーンだ。
これは単なる猿真似《さるまね》じゃない。ベルの魔法《まほう》による完全能力コピーだ。
理屈《りくつ》だと、こんなことは絶対に起こりえない。
だけど超一流《ちょういちりゅう》の投手である夏澄《かすみ》の身体《からだ》は、感覚で理解してしまうのだ。
「……っ、う、ぁ……っ……」
夏澄《かすみ》の顔色はみるみる土気色になり、まだ一球も投げていないのに汗《あせ》が流れ出す。
狙《ねら》い通り、イップスの症状《しょうじょう》が顔を出した。
しかし夏澄《かすみ》は時間を使って何とか息を整えて、ワインドアップモーションへ――。
しならせた腕《うで》が、弾丸《だんがん》のようにボールを放った。
「――しッ！」
ボール球に外れていく。
制球難じゃない。夏澄《かすみ》がただ、怯《おび》えて逃《に》げただけだ。
だけど俺は容赦《ようしゃ》しない。外れた球でも無理矢理踏《ふ》み込《こ》み、
「――――――――――」
すうっと、バットを振《ふ》り抜《ぬ》いた。
達人が刀で斬《き》ったみたいだった。鋭《するど》く静かで、重さがない。
しかし確実に殺している。

美しい放物線を描《えが》いたボールが、フェンスを悠々《ゆうゆう》と超《こ》えていった。

「………外れたか。ファールだから、ノーカウントだな」

打球は風に巻かれ、ライト線のフェアゾーンから切れていった。

全てが計算通りの挙動。ベルが仕込んだ魔法《まほう》のバットに間違《まちが》いはない。

──夏澄《かすみ》が逃《に》げようとしたら、こいつは全てを残酷《ざんこく》な形でカットする。

「次を投げろ。夏澄《かすみ》」

「……あ、ぁ、ぁ……っ」

「ストライクを全力で投げてこいっ！　じゃないとお前は、ここで終わりなんだぞ！」

自分の全てを賭《か》けたボールが、打《う》ち砕《くだ》かれるかもしれない場所。

そこへ踏《ふ》み込《こ》んだ全力を投げられるようにならない限り、夏澄《かすみ》の問題は解決しない！

「う、あ、ぁ、あ、ぁあああ────っ！」

何球も何球も、暴れるようにボールを投げる。

だけど見当違《けんとうちが》いのところに外れる。俺が届く範囲《はんい》なら残酷《ざんこく》にカットされる。

それがいつまでも繰《く》り返《かえ》される、地獄《じごく》のような時間が続く。

過呼吸気味になった夏澄《かすみ》の息は荒《あら》く、瞳孔《どうこう》は開いている。マウンドで溺《おぼ》れているようだ。

それでも手は貸さない。嚙《か》み締《し》めた唇《くちびる》から血の味が滲《にじ》んでも、絶対に何も言わない。

ただ、黙《だま》って待つ。信じて待ち続ける──。

「——あ……⁉」

夏澄《かすみ》の指先からボールが離《はな》れた瞬間《しゅんかん》、肌《はだ》が剝《は》がれたような悲鳴がした。

凶弾《きょうだん》が、俺の身体《からだ》へ一直線——。

「避《よ》けてっ‼」

避《よ》けなかった。微《び》動《どう》だにせず、目をかっ開いたまま受け止めた。

肉の抉《えぐ》れるような音と衝撃《しょうげき》が、右肩《みぎかた》を貫《つらぬ》く。

耐《た》えがたい鈍痛《どんつう》に肩《かた》を押さえ、俺は声もなくその場に座り込んでしまった。

「夜光《やこう》くんっ！」

弾《はじ》かれたようにマウンドから駆《か》け寄《よ》ろうとする夏澄《かすみ》。

「——降りるなぁっ！」

それを俺は、睨《にら》み付《つ》けて吼《ほ》えた。

「……降りるんじゃない。降りたら、負けだぞ！」

鈍磨《どんま》していた痛みが、焼けるような熱を伴《ともな》って強くなっていく。

全身に脂汗《あぶらあせ》が滲《にじ》み出《で》てきて、呻《うめ》いて倒《たお》れたくなる。

だけど——それがどうした。

「こんなもの、夏澄《かすみ》の痛みに比べれば何てことない！」

「……っ。夜光《やこう》、くん……」

「怖《こわ》いか？　逃《に》げたいか？　……それでいいんだよ。それが戦うってことなんだ。夏澄《かすみ》が知らなかっただけで、本当はこういうもんなんだよ！」

夏澄《かすみ》はまだ、天衣無縫《てんいむほう》だった頃《ころ》の夢を見ている。

だからいつまでも息苦しい。だけど俺は思うんだ。

「――それが分からないぐらい、今まで夏澄《かすみ》のレベルが低かったんだよ！

馬鹿の山で有頂天《うちょうてん》になって、絶望の谷の深さを知らない愚《おろ》か者《もの》。

それは無敵のエースとは言わない。単なるお山の大将だ。

「夏澄《かすみ》はイップスなんかじゃない。不調の本当の原因は、単なるお前のヘタクソだっ！」

「……っ！」

火の玉ストレートを投げてやる。

それを夏澄《かすみ》は、

「――そんなの、もう分かってるよ！」

逃《に》げずに真っ正面から、受け止めてくれた。

「それでもあたし、辞《や》めないから！」

「……なら、這《は》いつくばってでも次を投げろよ。天才」

俺はにやりと笑い、バットを彼女に突《つ》きつける。

「戦って勝ち取れ。さもなきゃその場所、俺が奪《うば》うぞ！」

「……うん。あげない」

心の在処《ありか》を確かめるように、夏澄《かすみ》は胸の前で両手を合わせる。

そして自分が今から全身全霊《ぜんしんぜんれい》で投げる真《ま》っ直《す》ぐの握《にぎ》りを見せつけて、にやりと笑った。

「――ここは、あたしの場所だ！」

「……来い！」

夏澄《かすみ》が美しいフォームで振《ふ》りかぶる。

見るまでもないと、俺は微笑《ほほえ》んで目を瞑《つむ》った。

目蓋《まぶた》に焼き付いたナイターの光で、夢が見える。

舞台《ぶたい》は超満員《ちょうまんいん》のスタジアム。

マウンドに立つ投手の背中には『FUJIKAWA』の名前と、小さなポニーテール。

エースナンバーである背番号『1』を翻《ひるがえ》し、彼女が投げると――、

【160km/h】


世界が変わる。

そんな美しい夢を見た。

「――夜光《やこう》さん夜光《やこう》さん夜光《やこう》さぁぁ――――――んっ！！！」

浸《ひた》っていると、夏澄《かすみ》の叫《さけ》びがどんどん近づいてきて目を開ける。
その素早《すばや》さは飼い主を見つけた犬のようで、絶対避《さ》けられそうにない。
俺は覚悟《かくご》を決めて両手を広げ、

「だいすきーっ！　愛してますっ！」

胸元《むなもと》に飛び込んで来た夏澄《かすみ》を、力一杯《ちからいっぱい》抱きしめた。
するとその瞬間《しゅんかん》――抱《だ》きしめた夏澄《かすみ》の全身から、淡《あわ》い光が立ち上る。
グラウンドに映る夏澄《かすみ》の影《かげ》から、

「――GYAAAAAAAAA！！！」

全ての元凶《げんきょう》――〈影魔女《シャドウ》〉が這《は》い出《で》てきた！
〈影魔女《シャドウ》〉は両手を広げ、俺たちを呑《の》み込《こ》もうと飛びかかってくる。

「っ……ベル！」

「ん。夜光《やこう》さま、あとは任せて！」

ずどん！　と鈍《にぶ》い音を立て、〈影魔女《シャドウ》〉が逆方向に吹《ふ》っ飛《と》ぶ。ネット裏に隠《かく》れていたベルが
放った魔弾《まだん》が、奴《やつ》に直撃《ちょくげき》したのだ。
弾《たま》に乗せられて、〈影魔女《シャドウ》〉が一直線に吹《ふ》っ飛《と》ばされていく。

そしてその先には既《すで》に、瞬間移動《しゅんかんいどう》したベルがバットみたいに箒《ほうき》を構えていて、

「届け魔女界《まじょかい》。わたくしの、第一号————————っ！」


——かっ、こぉ——————————ん！！！


「——GYAAAAAAAAAAA…………!?」

ジャストミートされた〈影魔女《シャドウ》〉は弾《はじ》け飛《と》び、夜空の星となって消えて行った。

ベルは悠然《ゆうぜん》と箒《ほうき》を放り投げ、ガッツポーズ。

ダイヤモンドを一周するみたいに、カッコつけてこっちへ歩いてきた。

「討滅完了《とうめつかんりょう》。夜光《やこう》さま、おつかれ」

「あ、ああ……。お疲《つか》れ様《さま》……」

〈影魔女《シャドウ》〉退治ってこんな感じなんだ……。

大変なのは〈姫《ヒロイン》〉から追い出すまでで、そこからは消化試合って感じだな。

「はっ!? そんなことよりベル、夏澄《かすみ》が意識を失っているんだ！」

「大丈夫《だいじょうぶ》。問題ない」

夏澄《かすみ》のおでこに手を当てて、ベルが頷《うなず》く。

「急激な魔力《まりょく》の発散に、肉体が驚《おどろ》いて眠《ねむ》ってしまっただけ。朝までは何があっても起きないけ

ど、命に別状はない。救出した〈姫《ヒロイン》〉はみんなこうなる」

「……そうか。それは、本当に良かった」

俺の腕《うで》の中で、夏澄《かすみ》は平和そうに寝息《ねいき》を立てて眠《ねむ》っている。もう大丈夫《だいじょうぶ》だ。

それが証拠《しょうこ》に、でれーっとした顔で寝言《ねごと》を呟《つぶや》いている。

「えへへ……やこうくん。たくさんがんばって、家族で野球ちーむ、つくろうねー……？」

「……バカ。どんな夢見てるんだ」

つい苦笑《くしょう》が溢《あふ》れて、夏澄《かすみ》の頭を撫《な》でてやる。

その間ベルが何も言わずに見守ってくれていたのは、きっと優《やさ》しさだった。

「夜光《やこう》さま。……言いにくいけど、そろそろ」

「分かってる。夏澄《かすみ》の記憶《きおく》を消すんだよな」

「……ん。認識《にんしき》を弄《いじ》るから、消すんじゃなくて置換《ちかん》だけどね」

寂《さび》しさがない、と言えば嘘《うそ》になる。

だけど虚《むな》しさも決してない。見返りはなくとも、与《あた》えることで人は与《あた》えられるのだ。

「俺は大丈夫《だいじょうぶ》だ。やってくれ」

「ううん。最後の魔法《まほう》は、騎士《きし》が掛《か》けてあげるならわしになってる」

「え。俺が魔法《まほう》を？」

「契約《けいやく》してると、使える。今から教える通りに実行しくよろ」

すぐにベルから作法を教わる。

それは確かに〈姫《ヒロイン》〉を守る騎士《きし》っぽい、古典的なやつだった。

キザで照れくさいし、俺なんかが許されるのかな、と思わなくもないんだけど……。

「……まあ、これぐらいの役得は許されるか」

俺は苦笑《くしょう》し、深呼吸を一つ。

そして抱《かか》えた夏澄《かすみ》の唇《くちびる》に、そっとキスを落とした。

「『おやすみ、〈姫《ヒロイン》〉。良《い》い夢を』」

魔法《まほう》を唱えると、淡《あわ》い光が夏澄《かすみ》を包んでふわりと浮《う》かせる。

そうして夜空の彼方《かなた》から飛んで来たベルの箒《ほうき》に、その背中を横たえた。

「これで俺の役目は終わりだな？」

「ん。救出完了《きゅうしゅつかんりょう》。このあと本当に復活できるかは、夏澄《かすみ》の頑張《がんば》り次第《しだい》」

「それは大丈夫《だいじょうぶ》に決まってるだろ」

――きっとあいつなら、絶対蘇《よみがえ》るに決まってる。

そんな無条件の期待を、誰《だれ》もが寄せずにはいられない人間を。

人は愛情と畏敬《いけい》の念を込《こ》めて、きっとこう呼ぶ。

「――あいつは、天才なんだからな！」

★

その昼休み、藤川夏澄《ふじかわかすみ》はグラウンドのダグアウトで悩《なや》みに悩《なや》んでいた。

大事な勝負の時が近い。なのにどうやって攻《せ》めていくか、作戦が全く決まらないのである。

「ううう……!?　まずいよぉ……！　もうアタマおかしくなってきたよぉ……！」

慣れない頭を使ってドツボに嵌《は》まるのは、初めてのはず。

それなのにこうしていると、訳もなく懐《なつ》かしい。

それからちょっぴり胸が切なくなるのは、一体どうしてなんだろう……？

「――夏澄先輩《かすみせんぱい》。何を悩《なや》んでいるんですか」

頭を抱《かか》える夏澄《かすみ》を、ぬうっと大きな影《かげ》が覆《おお》う。

ユニフォームを着た厳《いか》つい後輩《こうはい》――由川花希《よしかわはなき》が、眉《まゆ》をひそめていた。

「勝負の配球でも悩《なや》んでいるんですか？　だったら今更《いまさら》、何を選んでも一緒《いっしょ》です」

彼女が担《かつ》いでいたバットで、グラウンドの周りをぐるりと指す。

内野も外野もひっきりなしに埋《う》まったギャラリーたちが、夏澄《かすみ》たちに注目していた。

「勝つのは私です。ここにいる全員に、それを見せつけてやりますよ！」

「……あ、うん」

新しいスタートを切るために、再戦の招集をしたのは自分だ。

快く受けてくれた花希《はなき》には本当に感謝してる。ちょっと鼻持ちならんけど。

「でもあたし今、別に勝負のことで悩《なや》んでるわけじゃなくって……」

「はッ？」

「今それどうでもいいっていうか、正直それどころじゃないっていうか……」

「……ど、どうでもいい？　それどころじゃないッ？」

ががん、と花希《はなき》は衝撃《しょうげき》を受けている。

そうだ。いっそのこと、こうなったら。

「ねえ花希《はなき》。ちょっとあたしに、アドバイスしてくれない……？」

「ええッ!?　あの夏澄先輩《かすみせんぱい》が、後輩《こうはい》にっ!?」

「しょ、しょうがないでしょ。……悔《くや》しいけど、未熟なんだから。何でもするよ」

いつも無表情な花希《はなき》が、口を開けてわなわな震《ふる》えている。

今まで自分が周りにどう思われてたのか、思い知らされてちょっとつらい。

でも、少しずつ変わっていかなきゃね。

「それで、悩《なや》みとは？」

「……うん。……いやぁ、そのう……実は…………えーっと…………ううう……」

「何ですかもじもじと。さっさと言って下さいよ！」

くっ、仕方ない。言うしかない！

「何か知らないけど気になる男の人がいて……。ど、どうしたら今後も仲良くなれるかな？」

「知るか――ッ！」

花希《はなき》が帽子《ぼうし》を地面に叩《たた》き付《つ》ける。

湯が沸《わ》かせそうなぐらい顔が真っ赤になっていた。

「どうせ一緒《いっしょ》に連れてきた眼鏡の人でしょう⁉　神聖な勝負に、関係ない男なんか連れてきて……！　舐《な》めてるんですか⁉」

「ウッ……関係なくはないもん……」

ちゃんと一回、ボールを拾ってもらった仲だもん。

なんて弁明する暇《ひま》もなく、花希《はなき》はぐるると睨《にら》んでくる。

「もう許せない。これだから先輩《せんぱい》みたいな天才は嫌《きら》いなんですッ」

「……え？　あ、あたしが……天才？」

「そうですよ！　あんな化物みたいに野球上手《うま》くて、華《はな》があって、しかも顔まで可愛《かわい》くてっ。私みたいな凡人《ぼんじん》は、野球だけで精一杯《せいいっぱい》だっていうのに、男まで……！」

花希《はなき》はバットで夏澄《かすみ》を指し、

「絶対ぶちのめしてやる……。先輩《せんぱい》なんてフラれちゃえっ！」

肩《かた》を怒《いか》らせて、どすどすバッターボックスに歩いて行った。

今まで魔王《まおう》か何かに見えていたのに、途端《とたん》に可愛《かわい》い後輩《こうはい》に見えてきた。

今日の練習が終わったら、ごはんに誘《さそ》ってみようかなあ。

「……なあんだ」

——みんな同じように、勝手に誰《だれ》かに『天才』を見るんだな。

本当はそんなもの、ただの言葉に過ぎないのに。

「よし。行くかあ。……待たせてるしね」

結局悩《なや》んでも、アホの自分じゃたかが知れてる。

いつも通りド直球で、心のままにぶつかっちゃうしかない。

「——夜光《やこう》さん夜光《やこう》さん夜光《やこう》さぁ——んっ！」

グラブを持って、マウンドに駆《か》けた。

キャッチャー防具を着けた彼は、穏《おだ》やかな笑顔《えがお》で迎《むか》えてくれる。

「話は済んだのか？」

「はいっ。……あのう、ありがとうございます。いきなりキャッチャー引き受けてくれて」

「全く構わないが、俺が断ったらどうするつもりだったんだ？」

「断りませんよ。夜光《やこう》さんは」

何で、って言われても分からない。だけど心が言っていた。

「夜光《やこう》さんなら、絶対受け止めてくれる。そんな気がしたんです」

「……良《い》い勘《かん》だ。当たってるよ」

「えへへ。野球に、自信がおありなんですか？」

「フッ。ルールなら知っている」

「ご経験は？」

「バットを握《にぎ》ったことすらない。だけど、どうにかなるだろう」

にやりと、夜光《やこう》さんは笑った。

「──なぜならお前は、天才なんだろ？」

「……はいっ！」

「よし。ではやるか。サインは必要なしでいいな？」

「はい。あたしが投げるものは全部、全身全霊《ぜんしんぜんれい》のストレート。それで死ぬなら本望《ほんもう》です！」

真《ま》っ直《す》ぐに伝えると、彼は凄《すご》く、凄《すご》く、嬉《うれ》しそうに笑って。

宝物を手渡《てわた》すように、ボールを託《たく》してくれた。

「──頑張《がんば》れよ。夏澄《かすみ》の投げる球、大好きだぞ！」

背を向けて、彼がマウンドから離《はな》れていく。

夏澄《かすみ》は手を左胸に差し当てる。

高鳴るハートに呼応して、正体不明の涙《なみだ》が零《こぼ》れた。

「絶対、克《か》つ」

溢《あふ》れる涙《なみだ》を袖《そで》で拭《ぬぐ》い、ボールを掴《つか》んで前を向く。

血潮を通じてハートが運ぶものは、希望だけじゃない。恐怖《きょうふ》も分《わ》け隔《へだ》てなく運んでくる。

投げるのは怖《こわ》い。打たれるのは怖《こわ》い。

挑《いど》んだ果てに砕《くだ》け散《ち》るのは、震《ふる》えるぐらいに恐《おそ》ろしい。

「――行くぞッ！　打てるもんなら、打ってみろ！」

だけど――それでも、死ぬまで笑って投げてやる。

砕《くだ》け散《ち》っても拾い集めて、何度だって蘇《よみがえ》る。

全力で投げたその先に、受け止めてくれる人がいる限り。

投げることが好きで好きでたまらない自分がいる限り、藤川夏澄《ふじかわかすみ》の球は死なない！

「――プレイボール！」

さあ、試合開始です。

ピッチャー、蘇《よみがえ》って第一球――。

投げた！

Episode 3

52ヘルツのうさぎ

「ねえ、夜光《やこう》さま。……選んで」

一体、どうしてこんなことになってしまったんだろう。

俺は何を間違《まちが》えて、こんな苦境に立たされている？

「――はっきりして。大事な、選択《せんたく》」

くそ……失敗した。こんなことになるって分かっていたなら。

俺は絶対、あんな甘言《かんげん》には乗らなかったのに――！

「こっちの黒の大人っぽいの？　こっちの白の清楚《せいそ》っぽいの？　それとも……しましま？」

「知らないよぉ！」

俺は真っ赤になった顔を覆《おお》い、情けない悲鳴を漏《も》らした。

「――なんで俺、ランジェリーショップに連れてこられてるんだよぉ⁉」

夏澄《かすみ》の〈影魔女《シャドウ》〉を退治してから、しばらく。

激動だった四月はほぼ終わり、待ちに待ったゴールデンウィークが始まった。

今日は栄えあるその初日だ。

昼まで寝《ね》て本でも読んで一日ゆっくりしようと考えていたんだが、ベルに突然《とつぜん》呼び出されて、こうして宵街中央《よいまちちゅうおう》のショッピングモールまで出ることになった。

理由は、夏澄《かすみ》を救出した俺へのお疲《つか》れ様会《さまかい》。もっと平たく言うと――。

「甘々デートだから。お相手の服選びなんて、ちょう定番」

「そうだけど絶対下着ではないだろ！ 普通《ふつう》の服にしろよ！」

「……むぅ。夏澄《かすみ》のデートとおんなじは、嫌《いや》」

ベルが、ずいっと顔を近づけてくる。

「もっと、わたくしにドキドキして。……じゃないと、嫌《いや》」

いつも淡々《たんたん》としてるのに、今日は珍《めずら》しく露骨《ろこつ》に頬《ほお》を膨《ふく》らませていた。

……あ。もしかして夏澄《かすみ》にずっとかかりきりだったから、やきもち妬《や》いてるのかな？

うわあ何だそれ。めちゃくちゃ可愛《かわい》いんだが……！

「――早く選んで。夜光《やこう》さまが一番えっちだと思うやつ」

やってることはめちゃくちゃヤバいんだけどな。

でもこれもきっと愛ゆえなんだよな。何で俺なんかをとは思うけど、嬉《うれ》しいのは事実だ。

「……じゃ、じゃあ…………これを……」

俺は羞恥《しゅうち》で爆発《ばくはつ》しそうになりながら、黒のセクシーなやつを選んだ。

何？　このエロすぎる物質は。逮捕《たいほ》されない？

「ふふ、これね。りょうかい。……じゃ、穿《は》いてこ」

「はっ、穿《は》いてくのっ⁉⁉⁉」

くすっと笑って、ベルが囁《ささや》いてくる。

「そっちの方が、こーふんするでしょ？」

「〜〜〜っ」

「たのしみにしてて？　……デートの終わりに、たくさん見せてあげる」

「っ……そ、それはっ。いやでも、言っただろ、俺は……！」

「イップス、克服可能《こくふくかのう》。今度はわたくしと徹夜《てつや》で特訓」

こいつまだ妬《や》いてるよ……。なんて湿度《しつど》の高い女なんだ。

「お会計して穿《は》いてくる」

ちゅっ、と頬《ほお》にキスを遺《のこ》して、ベルはレジへ行ってしまった。

俺はへなへなとその場に座り込む。

「ああもう……。エロすぎる……っ」

バカみたいに動く心臓が、全身に血を送りまくる。

それなのに、そういう気分になると真っ先に血が送られるはずの場所には変化がなくて。

TPOを弁《わきま》えすぎる下半身が、劣等感《れっとうかん》を刺激《しげき》した。

俺は一体、いつになったら乗《の》り越《こ》えられるんだろう。

——あの日と、あいつを。

「…………夜光《やこう》さま？　どうしたの？　体調悪い？」

「……いや。何でもない。ちょっと古傷がな」

俺はすっくと立ち上がり、レジから戻《もど》ってきたベルに笑顔《えがお》を見せた。

「行こうか。今日はとことん楽しもう！」


ところがそうは問屋が卸《おろ》してくれなかった。

ランジェリーショップは混むことがないから忘れていたけど、今日はゴールデンウィークの初日。どこもかしこも人がいっぱいで入れないのだ。

ベルが目を付けていた大人気カフェは三時間待ちなんて言われたし、ならその間遊んでようかと俺が提案したカラオケやボーリングも同じような状況《じょうきょう》だった。

「むう……。どこも行けない……」

「だなあ。少し人酔《ひとよ》いしてきたよ」

結局俺たちは、宵街中央駅《よいまちちゅうおうえき》まで戻《もど》ってきた。駅前広場の植《う》え込《こ》みのレンガに腰掛《こしか》けて、しばらく休憩《きゅうけい》する。

口を開けてぼーっと人の流れを見ていると……ふと、気付いた。

「何だかこの辺、若い女性が多くないか？」

「ん。近くに大人気のクレープ屋さんがある。みんなそれ発券して待ってるんだと思う」

「なるほど。俺たちも並ぶか？」

「やだ。おいしいものは好きだけど、待つのも並ぶのも嫌《きら》い」

わがままだなぁ……。俺は待ってる時間もデートの醍醐味《だいごみ》だと思うけどなあ。

しかしこれだけ若い女性を見ると、俺は俺で、別のことが気になってくる。

「これだけ沢山《たくさん》の女の子がいるんなら、ひとりぐらい〈姫《ヒロイン》〉が紛《まぎ》れ込《こ》んでるんじゃ……？」

「ない。だいじょぶ」

「どうして分かる？」

「〈姫呼鐘《ヒロインコール》〉が、反応してないから」

ベルが腰《こし》に着けていた小さな鐘《かね》のアクセサリを外して、俺の手のひらに乗せてくれる。

あ。そういえばこの鐘《かね》……。

「夏澄《かすみ》と初めて会った時に鳴ってたやつか？」

「そう。〈姫《ヒロイン》〉に遭遇《そうぐう》したら、影《かげ》に棲《す》んでる〈影魔女《シャドウ》〉の存在を検知してアラートを鳴らしてくれる。あの癪《しゃく》に障《さわ》る音で」

「癪《しゃく》に障《さわ》るって……結婚式《けっこんしき》みたいで綺麗《きれい》だったじゃないか？」

「それがむかつく。夜光《やこう》さまと結ばれてるのは、このわたくし」

ちっ、とベルは舌打ちをする。

確かに魔女《まじょ》と騎士《きし》が密接な関係なら、ちょっと微妙《びみょう》な仕様なのか……。

「もう一個思ったんだが、これを持って俺から〈姫《ヒロイン》〉を探しに行かなくていいのか？　デートなんてしてる場合じゃないんじゃ」

「それも大丈夫《だいじょうぶ》。〈姫《ヒロイン》〉と騎士《きし》は、惹《ひ》かれ合《あ》う。これにはそういう奇跡《きせき》が仕込まれている」

二個あるからあげる、と言うので、ありがたく頂戴《ちょうだい》することにした。

「で、夜光《やこう》さま。それが鳴らなそうな、楽しい穴場を知らない？」

「ええ……。鳴らなそうなって、普通《ふつう》逆だろ？」

「やだ。わたくしはなるべく働きたくない」

ブレない奴《やつ》め。ここまで来ると清々《すがすが》しいな。

とはいえ、誰《だれ》も来なそうで楽しめる穴場……かあ。

「……よし。じゃあ、久しぶりにあそこに行ってみるか」

自動ドアをくぐると、少しヤニ臭《くさ》い淀《よど》んだ空気がむわっと纏《まと》わり付《つ》いてきた。

青白い蛍光灯《けいこうとう》と筐体《きょうたい》のモニターが照らす、仄暗《ほのぐら》い店内。メダルゲームやら音楽ゲームやら色んな音声が同時に響《ひび》いて、じゃらじゃらとうるさい。

ゲームセンター『月狩物語《つきかりものがたり》』――。

中央街ではなく俺の地元にある、ちょっとぼろっちいゲーセンだ。

「さいこう……！　こういうゲーセン、一度来てみたかった……！」

「そ、そうか？　なら良かった」

あんまり綺麗《きれい》な所じゃないからデートとしてはどうかと思ったんだけど、ベルは目を輝かせている。鼻息も荒《あら》い。

「ゲームは最高。魔法《まほう》よりも遥《はる》かに奇跡《きせき》」

「そんなにゲームが好きなのか？」

「ん。ゲームに限らず人間界のサブカルは全部あいしてる。引きこもりが捗《はかど》った」

引きこもるなよ……とは、言えないか。

俺もここに通ってた中学の頃《ころ》は、人のこと言えたもんじゃなかったもんな。

「ここはボロいけど、ゲームは最新のものが入ってるんだよ。人入りもあんまり多くないし、金さえあれば快適に遊べる。金が無くても強ければもっと最高だ」

「どういうこと？」

「あそこにずらっと筐体《きょうたい》が並んでる所があるだろ？」

俺は一番奥の、入り口から死角になってるコーナーを指差す。

「あそこは格闘《かくとう》ゲームコーナーで、プレイヤー同士の乱入対戦が盛《さか》んなんだ。勝ったらそのまま席に居座《いすわ》れて、追加のお金もいらない」

「へえ……。じゃあ勝ち続ければ、無限？」

「そう。しかも一クレ五十円だから、最強なら五十円だけで一日潰《つぶ》せるんだよ」

懐《なつ》かしいなあ。当時はこの安さに惹《ひ》かれて飢《う》えた獣《けもの》たちが沢山《たくさん》集まり、骨肉の争いを繰《く》り広《ひろ》げていた。お陰《かげ》で治安は最悪だったけど、あの雰囲気《ふんいき》はちょっと好きだった。

「ふぅん。じゃあ夜光《やこう》さま、戦《や》ろうよ」

俺は眼鏡をぎらりと光らせる。

「もちろん構わないが、俺はかなり強いぞ？」

「ふっ。また夜光《やこう》さまが負ける前振《まえふ》りやってる（笑）」

ぶちっと血管がキレた。俺はこの場所に戻《もど》るとチンパンジーになる。

「いいだろう……座れ。楽しいデートもこれまでだっ！」

「是非《ぜひ》もなし……」

俺とベルは互《たが》いに筐体《きょうたい》に座り、五十円を入れて対戦モードを開始する。

キャラ選択《せんたく》が終わると、戦闘開始前《せんとうかいしまえ》に画面が暗転——。

モニターの反射に、あの頃《ころ》の飢《う》えた獣《けもの》が映った。

「あんまり人間を舐《な》めるなよ、魔女《まじょ》ぉ————————————ッ！！！」

☽

——負けたのか————————————っ!?

——【PERFECT K.O.】

——【YOU LOSE!】

「…………………………ぐすん……」

一本も取れずにこてんぱんにされて終わった。またこの流れかよ。

くそう……このゲームは本当に自信あったんだけどなあ……。

地元じゃ『あいつ』以外には負けなしぐらいまではやりこんだのに……。

「凄《すご》いなベル。まいったよ」

「ぶい。ありがと」

ベルが筐体《きょうたい》の上からひょこっと顔を出し、嬉《うれ》しそうにピースする。

「魔女界最強《まじょかいさいきょう》、思い知った？」

「いっ、そんなに強かったの!?」

「……たぶん？　魔女《まじょ》、あんまゲームやらないから」

人口少ないだけかよ。しかしそれを加味しても大した腕《うで》だ。

俺はベル側に移動して、隣《となり》の空いている筐体《きょうたい》に並んで座る。そのまましばらくCPUをボコるベルを見学していると、

──【Here comes a New Challenger!】

画面が暗転し、カットインが表示された。

「おっ。乱入か」

「ふふ。下等な人間風情《にんげんふぜい》、啓蒙《けいもう》してあげる」

力に溺《おぼ》れてるなこいつ……。

「まああれで負けることはないか。これ終わったら違《ちが》うゲームやらないか？」

「ん。じゃあ三十秒で終わらせる」

そして宣言通り、きっちり三十秒で終わってしまった。

──貴様あああ────────っ!?

──【K.O.】

──【YOU LOSE!】

「…………う、うそ。このわたくしが…………人間如《ごと》きにっ!?」

ベルが愕然《がくぜん》としている。俺も信じられなかった。

あのめちゃくちゃ強いベルが、ここまで完璧《かんぺき》に叩《たた》きのめされてしまうなんて。

「上には上がいるんだなあ……。もう行こうか、ベル。手に負えないよ」

「やだ」

目から光が消えていた。

「今のはちょっと油断してただけ。わたくしが本気出せばあんなのほんとは一秒で消し炭」

「べ、ベル？　一回落ち着かないか？」

「わたくしは最高に落ち着いている」

流れるような動作で連コインしてるのに？

「殺す……。ＫＩＬＬ　ＹＯＵ……」

……まあ、気が済むまで楽しんでもらおう。絶対勝てないだろうけど。それぐらい謎《なぞ》の挑《ちょう》戦者氏《せんしゃ》の実力は圧倒的《あっとうてき》だ。

冷徹《れいてつ》な読み。正確無比なコンボ。それから俺のような浅いゲーマーでもハッとするような天才的閃《ひらめ》きの数々で、挑戦者氏《ちょうせんしゃ》はベルをボコボコにしていく。

「きぃいいいい――――っ⁉　もっかい！」

「やめなさいベル。台パンしないの」

しかし一体、この挑戦者氏《ちょうせんしゃ》は何者なんだ？

人間以上の魔女《まじょ》を軽くいなすって……もう宇宙人ぐらいしか思い付かないんだが。

興味を引かれた俺は、筐体《きょうたい》の逆側に回り、正体を確かめに行く。

「え……っ？」

びっくりして声が出た。

プレイしていたのはなんと、小動物みたいに可愛《かわい》らしい、小柄《こがら》な女の子だったのだ。

うさ耳パーカーの萌《も》え袖《そで》から覗《のぞ》く小さな指先が、レバーとボタンを操作している。

兎《うさぎ》みたいにくりくりした目で画面をじいっと見つめていて――、

――【K.O.】

「うぇへへ……！　やった……！」

砂糖菓子《さとうがし》みたいな甘い声と一緒《いっしょ》に、小さくガッツポーズをした。

め、めちゃくちゃ可愛《かわい》い……！　なのにこんなに強いとは、この子もしかしてカタギじゃないですよねー。やっぱり……。

――からーん……。からーん……。からーん……。

「――っ⁉⁉⁉」

びくーっ！　という音が聞こえそうな勢いで、彼女が俺を振《ふ》り返《かえ》る。

俺もびっくりして動けず、お見合いになってしまった。

マ、マジか。〈姫呼鐘《ヒロインコール》〉が鳴《な》り響《ひび》いたってことは、つまり――
「……あ、あう…………」

この子が、次の〈姫《ヒロイン》〉だ！

☽

【百姫夜行《ひやっきやこう》】の遂行《すいこう》は、全てにおいて優先される。

それが魔女界《まじょかい》の鋼《はがね》の掟《おきて》らしい。デートはもちろん中止になった。

ベルはすぐに〈姫《ヒロイン》〉の身辺調査を行うことになり、翌日の昼、俺は報告のためにいつもの科学部の部室に呼び出された。連休中なのに。

「……それじゃあ、作戦会議を始める……」

ぶっすー、という擬音《ぎおん》が聞こえてきそうなぐらいベルはふてくされている。

俺は苦笑《くしょう》することしかできない。これが終わったらまた埋《う》め合《あ》わせをしてやるか……。

ベルはため息をついた後、ウインドウを描《えが》き、〈姫《ヒロイン》〉の情報を映し出す。

「〈姫《ヒロイン》〉の名前は星街莉々《ほしまちりり》。現在十五歳。市立清船中学《しりつきよふねちゅうがく》を卒業後、現在は私立星蘭高校《せいらんこうこう》一年C組に在学している」

えっ？　市立清船中《しりつきよふねちゅう》出身で、星蘭高校《せいらんこうこう》の生徒だと？

「奇遇《きぐう》だな。俺とまるきり同じじゃないか！」

「ん。だから地元のゲーセンにいたのかも。夜光《やこう》さま、学校で見たことは？」

「いや、ないな。後輩《こうはい》と会う機会がそもそもないし……」

でもそうか。真実この子は、俺の『後輩《こうはい》』ってことになるのか。

何か……イイな。あの甘い声で「夜光先輩《やこうせんぱい》」なんて呼ばれた日には……フフ……。

「夜光《やこう》せんぱい。聞いてる？」

「ハイッ！！！　聞いてます！！！」

だから笑顔《えがお》でドでかい杖《つえ》を構えないでください。何でバレたんだよ。

いやしかし集中しないと。ここから更《さら》に詳細《しょうさい》な情報が、

「……情報は以上」

突《つ》いていた頬杖《ほおづえ》ががくんと下がった。

「い、以上？　入ってる部活は？　特技は？　何か特徴的《とくちょうてき》な活動をしてるとかは？」

「星蘭高校《せいらんこうこう》の部《ぶ》活名簿《かつめいぼ》を照会したけど名前なし。つまり帰宅部。特技は……多分、ゲーム？

めちゃつよだった。活動歴とかは、一切《いっさい》不明」

むう、とベルは顔をしかめる。

「この星街莉々《はしまちりり》という〈姫《ヒロイン》〉は、なぜか情報が非常に少ない」

「情報が少ない……？　どういうことだ？」

「わたくしにも全く分からない。引っ張れたのは本部のＤＢ《データベース》に登録してある基本情報だけ」

なるほど。ベルの組織が全ての情報を持ってるわけじゃないのか。

「でも夏澄《かすみ》の時は、最初から結構情報が揃《そろ》ってなかったか？」

「あれは本部提供じゃない。わたくしがネトストして集めてた」

「ね……ねとすと？」

「インターネットストーキング。主にＳＮＳアカウントから個人情報を掘《ほ》りまくる。たとえ本人が鍵垢《かぎあか》にしてても、周りの友人でリテラシー雑魚《ざこ》が一匹《いっぴき》でも居ればそこから芋《いも》づる式にやるとか全然方法はある。わたくしの得意技《とくいわざ》」

ぐっ、とベルが拳《こぶし》を握《にぎ》る。

「わたくしにかかれば、自宅の住所から過去の黒歴史、裏垢《うらあか》やＩＰアドレスまで全部丸裸《まるはだか》」

怖《こわ》すぎるだろ。魔法《まほう》でどうにかしたって言われた方が全然良かったわ。

「と、とりあえず、状況《じょうきょう》は分かった。ネットでの調査は引き続き続けてもらうとして、まずは一年生の教室に聞き込み調査をしに行かないか？」

「それはむり」

ベルはふるふると首を振《ふ》った。

「今、連休中。学校は使えない」

「ああっ、そうか……！　しかし連休明けを待つわけにもいかないよな……」

〈姫《ヒロイン》〉の問題はスピード解決が基本だ。一刻も早く動かないといけない。

しかし現状、その取っかかりが何もないというのは確かに厳しいものがある。

「安心して。一応、朗報もある」

「朗報？」

「直近一週間の〈影魔女《シャドウ》〉の活動ログを取得したら、〈姫《ヒロイン》〉は日中、殆《ほとん》どあのゲーセンにいることが分かった。こうしている今も、ゲーセンに反応あり」

おお。ということは、あそこへ行けばほぼ確実に彼女と仲を深められるのか。

「──であれば、今回も何とかなるだろう！」

俺はえへんと胸を張る。

ベルがものすごく冷ややかな目で見てきた。

「……何。夜光《やこう》さまの分際で、何で今回はそんなに自信あるの？」

「分際言うな。そりゃあ自信もつく」

俺はにやりと笑った。

「なんせ今の俺は、『女をひとり抱《だ》いた男』なのだからなっ！」

「うわ出た……童貞《どうてい》卒業した瞬間《しゅんかん》イキり始めるやつみたい……」

「ふはは っ、僻《ひが》むな僻《ひが》むな！　いいから早速《さっそく》ゲーセンに向かうぞ。あの子をオトそう！」

「作戦はどうするの？」

「フッ。そんなちまちましたもの必要ない」

俺は眼鏡をきらりと光らせた。

「――今の俺は、女心を完全に理解しているのだからなぁ！」

☾

女心、何も分からないです。

先刻の発言は陳謝《ちんしゃ》して撤回《てっかい》いたします。今も昔も一度も理解できたことないです。

それでも、まさかこんなに苦戦するとは思ってなかったんだけどな――。

「え、えっと。次のゲームをやりにいこうか？」

「……！」

筐体《きょうたい》に座っている莉々《りり》ちゃんが、こくこくと頷《うなず》く。

ほらどうだ、もう一緒《いっしょ》にゲームして遊んでるこのスムーズさ。「やあこの前の。よければ一《いっ》緒《しょ》にゲームしないか？」って自分で頑張《がんば》って誘《さそ》ったんだぞ。しかもベルのらぶ注入抜《ぬ》きで！

もちろんドキドキはしたんだけど、前回からのレベルアップを感じられて嬉《うれ》しかったな。

……ただ、俺がレベルアップしたって言っても微々《びび》たるものだ。

レベル１００超《ご》えの強敵――つまり莉々《りり》ちゃんには、全く歯が立ちそうにもない。

「き、君、本当に強いな。格ゲーはよくやるのか？」

「（こくこく頷《うなず》く）」

「……え、えっと……。格ゲーが好きなのかな？　それとも、他にも好きなゲームが？」

「………ぜんぶ………」

「……そ、そうか。全部か！　ゲーム全般《ぜんぱん》が大好きなんだな？」

「（無言でもっかい頷《うなず》く）（それからまた沈黙《ちんもく》）（この間十秒）」

「……え、えーっと、えーっと………も、もう一戦やるか！　な⁉」

「（何も言わずに連コインしてゲームに集中。以降、会話なし）」

俺は筐体《きょうたい》に座り込み、両手で顔を覆《おお》った。

この子……全っ然喋《しゃべ》ってくれない！

「うぐぐ……。俺のトークも確かに下手だが、これでどうやって仲良くなれと⁉」

「確かに、手強《てごわ》い」

リュックから、ベル（猫《ねこ》）がにゅっと顔を出す。

「こういうとき、恋愛《れんあい》ゲームとかだと、ウインドウにモノローグが表示されるけど」

「はっ、それだ！　魔《ま》法《ほう》で心を読めないか⁉」

「むり。心に干渉《かんしょう》する魔《ま》法《ほう》、禁忌《きんき》」

「ぐっ……。いやでも、そうだよな……」

それなら全部魔法《まほう》で恋《こい》に落とせばいいじゃんって話になっちゃうもんな。

しかしこれは本当に困ったぞ。莉々《りり》ちゃんの問題が特定できないってだけじゃない。

「俺が好かれてるのか嫌《きら》われてるのか、それすら全く分からないぞ……」

「それはだいじょぶ。一緒《いっしょ》に遊んでくれてるし、今の夜光《やこう》さま、強いし」

魔《ま》法《ほう》で勝手に動いてる指がコマンド投げを入力。俺のキャラが莉《り》々《り》のキャラをぶん投げ、KOをもぎ取っていた。

まさにリアルチートだ。個人的に好ましくはないけど、こうまでしないと莉《り》々《り》ちゃんに瞬《しゅん》殺《さつ》されてしまって、ゲームですらコミュニケーションが取れなくなる。

「ゲームが強いと何が大丈夫《だいじょうぶ》なんだ？」

「これ、向こうの映像」

ベルが猫《ねこ》の手でウインドウを描《えが》く。

するとそこに、真っ白な肌《はだ》を紅潮させ、笑顔《えがお》を咲《さ》かせる莉々《りり》ちゃんが映った。

『――うぇへへ……！　すごい……！　強い！　かっこいい……！』

俺はウッと胸を押さえて死んだ。可愛《かわい》い！

「重度のゲーマーほど、よりゲームが上手《うま》い人にキュンとくる傾向《けいこう》にある。莉《り》々《り》もそう」

「こ、こんなに喜んでくれてたとは……」

「対面だと緊張《きんちょう》して顔に出ないんだと思う。特に夜光《やこう》さま、殿方《とのがた》だし」

ベルがウインドウを消し、俺の肩《かた》をぽんと叩《たた》いた。

「喋《しゃべ》らないからといって、何も思ってないわけじゃない。諦《あきら》めないで、それでいてがっついて怖《こわ》がらせないように、頑張《がんば》ってアタックを続けてほしい」

「よ、要求が多いよぉ……」

だけど、ここは踏《ふ》ん張《ば》りどころだ。今の笑顔《えがお》を見ると、ちょっと元気も湧《わ》いてきた。

……よし。ここはゲームを変えてコンティニューといくか。


リベンジのゲームに、俺はクイズゲームを選んだ。ただしモードは協力モードだ。

俺と莉々《りり》ちゃんは一つの筐体《きょうたい》に置かれた長椅子《ながいす》に、二人で座る。

当然のように俺たちが座る間には大きくスペースが空いている。

ただ、今はこれでいい。焦《あせ》らずじっくり関係を築こう。

俺はさりげなく二人分のお金を入れ、画面の【ジャンル：オールジャンル】【問題量：とことん】【難易度：鬼畜《きちく》】をタッチした。

莉々《りり》ちゃんは目をまん丸に見開き、俺を見つめてくる。

「えっと……『できるの？』って感じかな？」

「（こくこく頷《うなず》く）」

「うん。任せてくれ」

さっきと違《ちが》って、俺は魔法《まほう》でズルをしない。その必要がないからだ。

解答を入力する指先に迷いはなく、『ぴんぽーん！』と正解が表示された。

「フッ……。一応、頭には自信があるんだ」

キメ顔でそう言うと、リュックから少し顔を出したベルが「ほんとかよ」って目を向けてきた。ほんとだよ。失礼だな。

でもこんな風に茶化されるのはベルが俺のことをよく知っているからであって、莉々《りり》ちゃんはそうじゃない。一応狙《ねら》い通りに『頼《たよ》れる頭のいいお兄さん』として認識《にんしき》してくれたらしい。

きらきらした目で、俺を見てくれた。

「すごい……！」

「……う。い、いや、まあ所詮《しょせん》お勉強だけというか、はは……」

ダメだ。作戦通りとはいえなんか恥《は》ずかしいぞ⁉

照《て》れ隠《かく》しも兼《か》ねて、俺は出てくる問題を次々と瞬殺《しゅんさつ》していく。そうすると莉々《りり》ちゃんは自分が解答できないから、手持《ても》ち無沙汰《ぶさた》になる。

この時間で、ゆっくり話をしたかった。

「えっと、まだ名乗っていなかったな。俺は空木《うつぎ》夜光《やこう》といいます」

「……うつぎ、やこー……」

「うん。夜の光で夜光《やこう》と書くんだ。結構気に入っている。君の名前は……今はいいよ。いつか慣れたら、教えてくれると嬉《うれ》しい」

俺は微笑《ほほえ》むけれど、彼女の方へは振《ふ》り向《む》かない。

この子は顔を見ない方が楽だというのも、もう分かっている。

「少し、喋《しゃべ》らせてもらおうかな。気になる所があったら止めてくれ」

「……！（何度も何度も、強く頷《うなず》く）」

よし。ひとり喋《しゃべ》りの感覚で進めてみるぞ。

これが今回用意してきた本命の策——ラジオ大作戦だ。

「改めて、俺は空木夜光《うつぎやこう》。市立清船中学《しりつきよふねちゅうがく》出身で、現星蘭高校《せいらんこうこう》二年A組の生徒だ」

「部活はひとりきりの科学部に所属している。たまーに研究成果を出すことで合法的にサボれる俺だけの秘密基地だ。あそこでコーヒーを淹《い》れ、趣味《しゅみ》の読書をするのが至福のひとときだ。

……えーっとそれから、一応俺は勉強が得意で——」

「……っ⁉」

訥々《とつとつ》と、一方的に自分のことを話していく。

改めて考えてみたんだ。お互《たが》いに会話するだけがコミュニケーションなんだろうか？　と。

俺は必ずしもそうじゃないと思う。自分が喋《しゃべ》らなくたって、相手の話を聞いてるだけで楽しいってことは沢山《たくさん》ある。

例えば放送や配信とかはまさしくそうだ。

「──それでだな、今でこそ天才がどうとかネタにできるようになったんだけど……中学の頃《ころ》はかなり拗《こじ》らせてしまって。周りと合わないこともあって、一時期不登校だったんだ」

「…………！！」

「ここにはその頃《ころ》通ってたんだ。警官の見回りも緩《ゆる》くて穴場でな。……ちょっと懐《なつ》かしいよ」

俺は女の子受けする話題なんて全然知らない。だから俺がラジオを聞く側のとき、一番興味深いことって何だ？　って逆算してみた。

それはやっぱり他では聞けない、話している人の個人的な話かな……って思ったんだが、

「……な、なんか、ちょっと恥《は》ずかしくなってきたな⁉　止《や》めようか⁉」

やばい。不安に追いつかれてきた。

冷静に考えたら、ほぼ初対面で自分語りって一番ウザいやつじゃないか⁉

「──やめちゃだめ」

そんな俺を咎《とが》めるように、莉々《りり》ちゃんがぴこんと解答ボタンを押す。

振《ふ》り向《む》いてみると、なんと彼女は、家で寛《くつろ》いでるような笑顔《えがお》を見せてくれていた。

「中途半端《ちゅうとはんぱ》が一番ダメなのだぞ？　話す側が恥《は》ずかしいぐらいが、聞いてて程《ほど》よいので！」

「……お、おお。……そんな話し方、するんだな……？」

「────っ⁉⁉⁉⁉」

ばっ！　と莉々《りり》ちゃんは両手で口を押さえる。

それから小刻みにぶるぶると首を振《ふ》って、それきり口を開かなかった。

よ、よし……。何か分からんが、心の扉《とびら》が開《ひら》き掛《か》けている気がする！

「じゃあ、もう少しだけ話を続けてもいいかな？」

「……！（こくこく頷《うなず》く）」

再び姿勢を正し、ゲーム画面に向かう。

最初に空いていたスペースは、半分ほど埋《う》まっていた。

☽

その夜は、帰宅するなりベッドに倒《たお》れ込《こ》んでしまった。

慣れないことを沢山《たくさん》したからかなり疲《つか》れた……が、頑張《がんば》った甲斐《かい》はあったと思う。

俺はポケットからスマホを取り出す。

そしてゲーマー御用達《ごようたし》のチャットツール――Giscordのフレンド欄《らん》を開いた。

[らび]：（手を振《ふ》るキャラのスタンプ）
[らび]：星街莉々《ほしまちりり》です。よろしくお願いします。
[らび]：年下だから、莉々《りり》でよいよ！

全人類のみんな、褒《ほ》めてくれ。莉《り》々ちゃん改め、莉《り》々と連絡先《れんらくさき》の交換《こうかん》に成功しました！

聞くときはめちゃくちゃ緊張《きんちょう》したけど、頑張《がんば》って良かった。

にしてもあのときの莉《り》々《り》の笑顔《えがお》……振《ふ》り絞《しぼ》った言葉……！　今でも鮮明《せんめい》に思い出せるッ。

『――うぇへへ……。ともだち……。よ、よろしくね、夜光《やこう》氏……？』

「ふっ、ふひひ……。夜光《やこう》氏ですとぉ!?　んんッ、拙者《せっしゃ》不覚にも胸のときめきが――」

「成敗」

突然《とつぜん》現れたベルが、サッカーボールみたいに俺の脇腹《わきばら》を蹴《け》っ飛《と》ばした。

悶絶《もんぜつ》し、しばらくベッドで這《は》い回《まわ》る芋虫《いもむし》になる。

「……な、んで、いつも突然《とつぜん》、現れる……っ？」

「変態の波動を感じたから。今回、いつにも増して気持ち悪いよ」

普段《ふだん》から気持ち悪いみたいな言い方やめて？

「もしかして夜光《やこう》さま……ロリコン？」

「ち、違《ちが》う！　どっちかというと年上のお姉さん派だ！」

「ムキになって否定するところが余計アヤしい……」

その論法でいくと何でも有罪になっちゃうだろ。魔女裁判《まじょさいばん》かよ。

しかし俺自身、キモくなっている自覚はあった。なんかあの子、人を惹《ひ》きつける魔力《まりょく》みたいなものを感じるんだよな……。

「それで、ベル。どうしてうちに来たんだ？」

あんまり夜は来ないのに。何かあったんだろうか？

心配の目を向けると、ベルがしゅーんと俯《うつむ》いた。

「莉々《りり》の身辺調査が相変わらず進まなくて困ってる。色々と手を尽《つ》くしているけれど、ネットに全然痕跡《こんせき》がなくて……」

「む……そうか。ちょっと俺も考えてみるか」

いつも後方支援《こうほうしえん》を任せっぱなしじゃ悪いからな。しかし……何の情報も出てこない、か。

パッと思い付くのは、『そもそもネットと無縁《むえん》』とか『探し方が間違《まちが》ってる』とか『完璧《かんぺき》に隠《かく》されている』あたりだけど――……。

「――ああ。分かったかもしれない」

「えっ……？」

「情報が出てこないっていうのが一番の情報だったんだよ。今日一日で色々繋《つな》がったかも」

ぽかんとしているベルに、俺は順を追って説明していく。

「ベルってネトスト得意っていうからには、結構ネット漬《づ》けなんだよな？」

「ん。どっぷり」

「ベルカ・アルベルティーネで検索《けんさく》して、自分のネットのアカウントとか出てくるか？」

「ふっ、髪《かみ》の毛《け》一本も紐付《ひもづ》かない。わたくしのネットリテラシーは完璧《かんぺき》」

「だろう？　だったら莉々《りり》も同じかもしれないとは考えられないか？」

あっ、とベルが口を開けた。

分かる。こういうの、ひとりで考えてると見落としがちだ。

「莉々《りり》もネットにどっぷりなのかもしれないぞ。現に連絡《れんらく》ツールはネットユーザー寄りのGiscordのみだったし、ちょっとアヤしい。周辺の人間関係からも情報が出てこないのは……友達がそもそもいないから、なんじゃないのか？」

「……確かに、あの喋《しゃべ》らなさだとありうるかも」

「逆にネットの交友関係は広かったりしてな」

それから、ベルはネットで完結する捜査《そうさ》に拘《こだわ》りすぎてるように思える。

「〈影魔女《シャドウ》〉の位置は特定できるんだろ？　イコール莉々《りり》の自宅も特定できるってことなんだから、いつもみたいに魔法《まほう》で忍《しの》び込《こ》むのはどうだ？　それで莉々《りり》が見てるネットのアカウントとかを直接後ろから覗《のぞ》き見《み》ることができたら、調査は一気に進むんじゃないか」

まあ、あくまで仮説が当たってた場合の話なんだけど……。

そんな風につらっと見解を述べると、ベルが緩慢《かんまん》に拍手《はくしゅ》をした。

「冴《さ》えてる。そういえば夜光《やこう》さまって、頭良かったんだった」

「お前たまには俺のこと敬ってもよくない⁉」

「ふふ。冗談《じょうだん》。……あんまり格好良くなりすぎないで。モテると、妬《や》けちゃう」

そう言って微笑《ほほえ》み、ベルは俺の頬《ほお》にキスをした。

「ありがと。だいすき。……じゃ、ちょっとその通りに追ってみる」

呆《ほう》ける俺を残し、ベルは窓から箒《ほうき》で飛んでいってしまった。

そしてこの件について結論から述べると、俺の予想は大当たりだった。

ただ、流石《さすが》に莉々《りり》の正体までは推察できなかったな。

……だって、いくらなんでも思わないじゃないか？

あの子が、宇宙人だったなんて。

☾

『——みんな氏〜？　こんらびっ！　聞こえるか？　今宵《こよい》も月面裏側から発信中。みんな氏の孤独《こどく》な夜のパートナー、ウサミヤ星人、兎宮《うさみや》らびだぞっ！』

「…………ふえっ…………？」

あまりの衝撃《しょうげき》に、スマホを床《ゆか》に落っことしてしまった。だけど生放送は止まらない。

小さな画面には、まるでＳＦ映画の秘密基地みたいな背景が映っている。

両手のピースを眉《まゆ》につけて、サイバーな衣装《いしょう》を着た小柄《こがら》な女の子が笑ってる。

ツインテールの頭にはうさ耳が生えていて、

『うぇへへ。みんな氏、息災か？　地球では大型連休なるものが始まったようだけど──』

早口をものともしない滑舌《かつぜつ》で、流暢《りゅうちょう》にトークを広げてる。

俺はスマホを拾い、脱力《だつりょく》してベッドに座り込んだ。

「なんだ、ただの宇宙人か。一瞬《いっしゅん》莉々《りり》かと思ったぞ」

「夜光《やこう》さま。これは莉々《りり》」

「…………マジで？」

「がち。これは本物の月面基地じゃない。グリーンバックに映したCG。宇宙人服もコスプレ。うさ耳もつけ耳。宇宙人『兎宮《うさみや》らび』は……星街莉々《ほしまちりり》の活動名」

遅《おく》れてやってきた衝撃《しょうげき》に、俺は立ち上がって叫《さけ》んだ。

「あの子……配信者だったのかっ⁉」

──配信者。

自分がゲームや雑談をしている様子をネット配信することで収益を得る、今や現代で知らぬ者なしの花形職業であり文化表象だ。

「月面裏側に不時着したウサミヤ星人『兎宮《うさみや》らび』は、個人ゲーム配信者。とっても可愛《かわい》いルックスと、その容姿からは想像もできないような天才的ゲームスキル、それから独特なオタク喋《しゃべ》りと軽妙《けいみょう》なトークで主に十代二十代の若者に人気を博している。ファンネームはウサミヤン。現在のチャンネル登録者数は……すご。なんと十万人」

「十万人っ!?　い、いや、待ってくれ！」

今聞き捨てならないワードが混じってたぞ。

「『軽妙《けいみょう》なトーク』って何だ？　莉々《りり》は全然喋《しゃべ》らないだろ！」

「『星街莉々《ほしまちりり》』はね。彼女は、違《ちが》う」

ベルが巨大《きょだい》なサイズのウインドウを描《えが》き、配信を映す。

莉々《りり》がプレイしているのは、俺でも知っている超有名《ちょうゆうめい》FPSゲームのようだ。このゲームは戦闘《せんとう》している時間よりも、フィールドを探索《たんさく》して物資を集めている時間が長い。友達と遊ぶときはこれが楽しい雑談タイムになるのだが、ソロの場合は違《ちが》う。何も起きない空白の時間だ。

従って、配信者の話術が試《ため》される時間になる。

『――あっ、そうそう。兎宮《うさみや》、最近面白《おもしろ》いゲームを買ったのだ。面白《おもしろ》いと言っても内容だけの話じゃないぞ？　いわゆる幻《まぼろし》のゲームというやつなのだ。時代の悪戯《いたずら》によってこの世に三千本しかロムが流通しなかったという代物《しろもの》で、マニアの間では何十万という値で取引されていた。それを兎宮《うさみや》……なんと購入《こうにゅう》したぞっ！　……うぇへへ。スチーム版でね。最近クラウドファンディングでモバイル版が出たのでした。これもまた、時代の悪戯《いたずら》というやつだね。気になったウサミヤンは『ガラージュ』で検索《けんさく》してみてほしいぞ』

『──ちなみに限定生産といえば、カードゲームでも同じような話があるのだ。みんな氏は『サマーマジック』というものを知っているだろうか？　これは会社がカードを刷ったはよいものの、内容に問題があるから発売前に回収されることになったのだが……何かの手違《てちが》いで、倉庫からいくらかそのパックが流出してしまったのだ。これも超高価《ちょうたかね》で取引されていて──』

「……す、凄《すご》いな。よくもこんなに次々話せるなあ……」

台本のないひとり喋《しゃべ》りは本当に難しい。今日経験した俺には、莉々《りり》の凄《すご》さがよく分かる。

「中々、マニアックなお話だね」

「そうだなあ。でも俺は楽しいぞ？」

俺はオタクコンテンツのことはよく知らない。だけど『この子は好きなことを喋《しゃべ》ってるんだな』というのは熱く伝わってくる。それで十分だし、結局そういうのが聞いてて一番面白《おもしろ》い。

きっと他の十万人も、そんな魅力《みりょく》に惹《ひ》かれて彼女を観《み》に来《き》ているんだろう。

莉々《りり》は間違《まちが》いなく、深夜、インターネットに輝《かがや》くスターだった。

「……だけど、明るいばかりじゃ、きっとないんだよな」

莉々《りり》が抱《かか》える問題とは、一体何なんだろう。

それが分からない限り、俺は彼女を救ってあげられない。

「とりま、配信見守ろ」「そうだな。そうしよう」

『──それでは本日の通信はここまで。残りは補給物資の読み上げをしてゆくぞっ』

「……ん？　ベル、補給物資って何だ？」

「おそらくスパチャのこと。たまにチャット欄《らん》に流れてた、金額と色付きのメッセージ」

「ああ、あれか……！　要はパフォーマーへの投げ銭か？」

「そう。推《お》しに自分の名前も呼んでもらえるから、それ目的で何万もつぎ込む人もいる」

「な、何万っ？　名前を呼んでもらうだけで？」

金銭感覚が石油王なのか……？　貧乏学生《びんぼうがくせい》には理解できない。

しかし面白《おもしろ》い配信だったから、おひねりを投げてあげたいという気持ちは分かった。

「俺も少し投げていいか？　もちろんお金は渡《わた》すから」

「ん。金額と名前とメッセージおしえて」

「えっと……じゃあ、奮発して五百円で。名前は適当に──」

財布《さいふ》から硬貨《こうか》を渡《わた》して、ベルに文章をしたためてもらう。すると緑色で表示された俺のメッセージがチャット欄《らん》を流れていき、

『よし、では次。……名もなき騎士氏、補給物資ありがとう！』

莉々《りり》が甘い声で、俺のハンドルネームを呼んでくれた。

『「配信初めて見ました。面白《おもしろ》かったです。好きなものを語っているところが素敵《すてき》だと思いました。これからも頑張《がんば》ってください」……うぇへへ、ありがとう。初見さんだったのだね。どうかまた観《み》に来《き》てくれると兎宮《うさみや》は嬉《うれ》しいぞ。……あっ、ちなみになのだが』

悪戯《いたずら》っぽい笑顔《えがお》で、莉々《りり》はマイクに口を近づけて囁《ささや》く。

『――兎宮《うさみや》が一番好きなものは、きみたち、みんな氏だぞ……？』

「～～～っ」

『うぇへへ、はずかしっ！　よーし、では次。赤林檎《あかりんご》氏、補給物資ありがとう――』

莉々《りり》の一言で、チャット欄《らん》はカラフルな激流となっている。

俺は無言で立ち上がった。

「なにしてるの」

ベルに裾《すそ》をがっちり掴《つか》まれた。

「もっかい投げる！　机の奥にへそくりが三万円ほど――！」

魔弾《まだん》をゼロ距離《きょり》射程《しゃてい》で腹にぶちこまれた。

「……す、すまん……。正気に戻《もど》った……」

まったく、とベルはため息をつく。

「しっかりして。これを使って、今から莉々《りり》の問題を探《さぐ》る」

「えっ？　そんなことができるのか？」

「確証はない。でも、試《ため》す価値はある」

ベルが虚空《こくう》のキーボードを打ち込み、ささっと文面をしたためていく。

すぐに血のように真っ赤なメッセージが、チャット欄《らん》を流れていった。

「うわっ、五万円⁉」

「限度額。これでさらっとは流せない」

やってることがエグい。札束で頬《ほお》を殴《なぐ》りつけてるみたいだ。

これでもし怪文書《かいぶんしょ》とか送りつけられた日には、俺ならそれだけで病《や》みそうだ……。

『──むむっ、赤物資⁉　それもメンバーさんから……魔女《まじょ》っ子ベル氏、ありがとうだぞ』

しかしそこは流石《さすが》ベル。気持ち悪くない、しかし真剣《しんけん》さは伝わる絶妙《ぜつみょう》な塩梅《あんばい》の文章だった。

内容はこうだ。

自分は兎宮《うさみや》と同《おな》い歳《どし》ぐらいの女子高生ウサミヤンである。だけど最近新学年になって環境《かんきょう》が変わってから、ある悩《なや》みができてしまった。今は悩《なや》みのなさそうな人に嫉妬《しっと》すらしてしまって、毎日心が苦しいです。こんなしょうもないことで悩《なや》むのはわたしだけなのかな？

いつも楽しそうに配信してくれてる兎宮《うさみや》も、悩《なや》みってあったりするのかな──？

『──なるほど。……ありがとう、兎宮《うさみや》に相談してくれて。とっても嬉《うれ》しいぞ』

莉々《りり》はお悩《なや》みを、大人びた表情で受け止める。

それがリスナーのためなら、彼女は聞きやすいように早口をやめるし、

『じゃあ……話すね』

自分の抱《かか》えている闇《やみ》ですら、包《つつ》み隠《かく》さず話してくれるのだった。

『まずね、それは絶対にあなただけではないぞ。みんな色々なことで悩《なや》むのだ。ほら、他のコメント欄《らん》のみんな氏もそう言っているし……兎宮《うさみや》だって、一緒《いっしょ》だよ？　心配しないで』

『みんな氏も知っての通り、兎宮《うさみや》はクソザコ宇宙人だから。もう、悩《なや》んでばかりなのだ。……実はね、これは何度か通信で話している。だけどベル氏に話すのは初めてだから、話すね？』

『――兎宮《うさみや》は……地球から逃《に》げ出《だ》して、ここにいる。それが悩《なや》み、かな……』

『うぇへへ。……虚弱《きょじゃく》で、コミュ障だからね。向こうの重力に身体《からだ》が合わなくて、全く喋《しゃべ》れなくなってしまうのだ。本当に、何もできなくなってしまう。情けない限りである』

『……他のウサミヤンは、みんな、普通《ふつう》に地球で適応して暮らせているのにね……』

『兎宮《うさみや》は基地にひきこもって、今宵《こよい》も通信活動にかまけているのだ』

『うぇへへ。別に行けなくてもよいのだけどね。みんな氏と繋《つな》がっていると凄《すご》く楽しいし、ここだけの話、補給物資はかなり沢山《たくさん》頂けている。永遠に籠城《ろうじょう》することだって可能なのだぞ？』

『……可能なのだけれど、ね』

『――ここから見る地球は、綺麗《きれい》すぎて。時折訳もなく、泣きたくなってしまうよね……』

「……ベル」

「ん。……莉々《りり》の出席記録、調べてみる」

☽

その後調査を進めてもらうと、莉々《りり》が仄《ほの》めかしていたことを裏付ける結果が出た。

——莉々《りり》は、不登校だった。

中学三年生のある時期から学校に通えておらず、高校に至っては入学式から一度も顔を出せていない。昼間は毎日、あのゲームセンターで時間を潰《つぶ》しているようだ。

あの飛《と》び抜《ぬ》けたゲームの強さは、そういう代償《だいしょう》あってこそのものだったんだな。

それから肝心《かんじん》の不登校の原因だが……これは不幸中の幸いで、いじめ等はなかったようだ。

強《し》いて言うなら『誰《だれ》とも何も起きなかった』ことが息苦しくて逃《に》げ出《だ》したのだと、アーカイブでの発言が確認《かくにん》されている。

つまり莉々《りり》の抱《かか》える本当の問題は、不登校そのものじゃない。

コミュニケーションに対する極度の苦手意識なんだ。

学校に通う通わないは置いておき、これをどうにかしてあげるのが俺のゴールになる。

ただ正直……解決自体は、そんなに難しくないと思っている。

なぜなら莉々《りり》には、圧倒的《あっとうてき》なポテンシャルがあると既《すで》に分かっているからだ。

だって教室の全員が見てる中で喋《しゃべ》っても、同時視聴者数《どうじしちょうしゃすう》はせいぜい四十とかなんだぞ？

莉々《りり》は千人単位の人間が見てる中で、普段《ふだん》あれだけ面白《おもしろ》く喋《しゃべ》ってるんだ。脳筋的な考えだけど、克服《こくふく》が無理ってことはないだろう。

訓練すれば、『星街莉々《ほしまちりり》』は『兎宮《うさみや》らび』の力を引き出せるようになる。

だから難点はそこじゃない。

悩《なや》ましいのは答えそのものじゃなくて、導出の過程なんだ――。


「…………夜光《やこう》氏……？」

くいくいと、袖《そで》を引く小さな指先にハッとする。

莉々《りり》が不安げに俺の顔を覗《のぞ》き込《こ》んでいた。

「す、すまん。何だ？」

莉々《りり》が前を指差す。

待機列がいつの間にか進んでいて、前の人との間が大きく空いていた。「……あ。ごめん」

急いで詰《つ》める。しかし注文カウンターまでの距離《きょり》は依然《いぜん》と遠く、まだまだかかりそうだ。

「まさかマックでもこの混雑とは……。ご、ごめんな？　段取り悪くて」

女の子をご飯に誘《さそ》ったときにグダると、すごく焦《あせ》るし申し訳なくなる。百戦錬磨《ひゃくせんれんま》の男ならこういうときも余裕《よゆう》なのかな……。いや、百戦錬磨《ひゃくせんれんま》の男はそもそも昼にこんなところ連れてこないか。穴場のランチを予約するよな。そうだよな。

ああ……俺はなんて程度が低くて頼《たよ》りない先輩《せんぱい》なんだろう……。

落ち込んでいると、また袖《そで》を引かれた。何だろうと振《ふ》り向《む》くと、

「……は、はんばーがー、初めてだから、たのしいです……よ……？」

莉々《りり》がにこーっとはにかんでいた。

しゃ、喋《しゃべ》ってくれてる！　しかも可愛《かわい》い！

「そ、そうか。……あの、時に、全然敬語じゃなくていいからな？」

「……っ!?　ま、まだ…………慣れぬ……ゆえ……」

「さ、左様か。さ、さあらば、漸次《ぜんじ》、慣れてゆくがよかろう……」

「……かたじけ、ない……」

くっ。お互《たが》い凄《すご》くぎこちない！

だけど言葉でのやり取りになってる分、着実に前進してるんじゃなかろうか。

「にしても、ハンバーガーが初めてって珍《めずら》しいな。友達と来たりしないのか？」

「…………（ずぅぅうん、と俯《うつむ》く）」

「はっ!?　ち、違《ちが》う！　違《ちが》うんだっ!?」

くそぉ、難しい……！　何気ないことが地雷《じらい》になってしまう。

今のは俺が悪い。だけど、何も知らない人ならこのぐらいは普通《ふつう》に振《ふ》るだろう。

その度に莉々《りり》は、こんな風になってしまうのか？

「……えっとな、莉々《りり》……」

——君はそのままでいいのか？　良くないとは思ってるんだよな？

そうだよな。俺は知ってるんだ。なぜなら、君の配信を見てるから。

大丈夫《だいじょうぶ》、全部分かってる。あとは俺に委ねて、一緒《いっしょ》に強くなれるように頑張《がんば》ろうぜ！

「……いや、何でもない」

なんて、言えるはずないんだよな……。

あのキャラの配信バレとか恥《は》ずか死ぬし、何で全部知ってるんだって話になる。

結局またこの問題に戻《もど》ってきてしまった。

俺は答えを知っているけれど、莉々《りり》には伝えられない。これは『兎宮《うさみや》らび』からカンニングした、不正な答えだからだ。

『星街莉々《ほしまちりり》』自身からそれを導き出してもらうには、一体どうすればいいんだろう……？

「——お次のお客様、こちらへどうぞー！」

考え込んでいると、いつの間にか順番が回ってきていた。

「お待たせいたしました。ご注文をお伺《うかが》いいたします」

「えっと……そうだな。では店内、テリヤキバーガーのセットで。ドリンクはホットコーヒー、砂糖ミルクは不要です」

ささっと注文を済ませてしまう。

こんなのは呼吸みたいなもので、何も意識するようなことはない。

だけど莉々《りり》にとっては、違《ちが》った。

「かしこまりました。それではお連れ様の方、ご注文をお願いいたします」

「──────っ」

びしり、と莉々《りり》の身体《からだ》が固まる。

店員さんに目を合わせられただけで、ゴーゴンか何かに睨《にら》まれたみたいだった。

「……お客様？」

「……あ、う……！　え、と……えっ、と……！　あ、…………っ……！」

まずい。パニックになってる。俺は莉々《りり》の背中をさすってやった。

「大丈夫《だいじょうぶ》だからな？　ゆっくり選べばいいんだ」

「…………！　う、ん…………」

「よし。何が食べたい？　伝《つた》え辛《づら》かったら、メニューを指差してくれれば──」

俺は可能な限り優《やさ》しくしてやる。

だけどそれはやっぱり、俺だからだ。

世の中は莉々《りり》を贔負《ひいき》しない。

「──おい！　遅《おせ》えよ！　いつまで選んでんだよオマエら⁉」

俺たちの後ろにいたイカついヤンキーが、痺《しび》れを切らして怒鳴《どな》ってしまった。

莉々《りり》はそれで、完全に萎縮《いしゅく》してしまう。

何も言えないどころか目も閉じて、震《ふる》えて俺の腕《うで》にしがみついてきた。

「……ごめんなさい、注文はキャンセルでお願いします」

俺は店員さんに頭を下げ、莉々《りり》を庇《かば》いながら外へ出た。

☽

店を出た俺は、ゲーセンから徒歩十分圏内《けんない》にある大きな公園に莉々《りり》を連れてきた。

「ほら、お待たせ。おいしいぞ？」

ベンチで項垂《うなだ》れる莉々《りり》に、俺はあつあつのだし巻きサンドイッチを差し出す。

力なくも受け取ってもらえたので、俺も隣《となり》に座って、同じものを袋《ふくろ》から取り出した。

「ここの公園のカフェの名物でな。凄《すご》いんだぞ。サンドイッチなのに九百円もする」

「……っ⁉　きゅうひゃく……⁉」

「な。びっくりするほど強気だろう？　だけど高いだけあって、これが特別おいしくてさ」

一口囓《かじ》って、俺は遠くを見るように目を細める。

「……昔、どうしてもやりきれない気分になったときは、これを食べていた」

この清船公園《きよふねこうえん》は、少し高いところにあって。

俺が通っていた市立清船中《しりつきよふねちゅう》の校舎が、綺麗《きれい》な景色と一緒《いっしょ》にこのベンチからは良く見える。

隣《となり》を振《ふ》り向《む》くと、莉々《りり》がおそるおそるサンドイッチを囓《かじ》っていた。

「……………………！」

ぱあっと、明かりが灯《とも》ったような笑顔《えがお》を見せてくれる。

……良かった。おいしいか。

だけどそれで、張《は》り詰《つ》めていたものが緩《ゆる》んだみたいだった。

莉々《りり》がぽろぽろと涙《なみだ》を流し、泣き始める。

俺は慌《あわ》ててハンカチを取り出し、目元を拭《ぬぐ》ってあげた。

「そうだよな。怖《こわ》かったよな……」

くそっ、あのどうしようもないヤンキーめ。

もしもベルが一緒《いっしょ》だったら絶対消し炭にしてもらうのに、今日に限っていないんだ。

俺は歯がゆく思いながら、莉々《りり》の涙《なみだ》を拭《ぬぐ》い続《つづ》ける。

「……ちがう……」

しかし俺の手を、莉々《りり》は掴《つか》んで止めてきた。

「くや、しい」

「……莉々《りり》」

「こんな、普通《ふつう》のことも、できない、…………悔《くや》しい…………っ」

莉々《りり》の拳《こぶし》は、ぐっと握《にぎ》られている。それは戦う意志を示す形だ。

「……わたし、こんなの、…………嫌《いや》だ……っ！」

「……そうだな。……だったら、頑張《がんば》ってみようか」

俺は莉々《りり》の正面に座り込んで、目を合わせる。

「自分が変わりたいと思っているのなら、人は変わることができるよ」

「……夜光《やこう》、氏……」

「だけどただ変わりたいと思っているだけでは、人は変われない。それも分かるかな」

強く、莉々《りり》が頷《うなず》いた。

「わたしが、そうだから」

「……そうか。偉《えら》いな」

自分で自分の弱さを認められる。その時点で莉々《りり》は強いんだ。

この子なら、絶対やり遂《と》げられるって信じよう。

「市立清船中《しりつきよふねちゆう》出身、現星蘭高校《せいらんこうこう》一年C組、星街莉々《はしまちりり》さん。提案がある」

「…………っ⁉　なん、で……⁉」

「俺に分からないことはないんだよ。天才だからな？」

　俺はおどけて眼鏡をくいっと上げる。

「だから、後輩《こうはい》の喋《しゃべ》り下手《べた》を治してやる方法だって、もちろん分かるぞ」

「……！」

「莉々《りり》。残りの連休を全て使って特訓しないか？」

　最終目的は、自由に喋《しゃべ》れて学校に行けるようになること。

　もちろんそのメニューの全てに俺が付きそう……が。

「あくまで俺は付きそうだけだ。実際に全てをこなすのは、莉々《りり》自身になる」

「……！　う、む……」

「正直キツいぞ。苦手なことと向き合うんだからしんどいに決まってる。学習塾《がくしゅうじゅく》に通えば必ず志望校に受かるわけではないように、言う通りにしてれば魔法《まほう》みたいに治りますという訳でもない。そこの責任を俺は持たない。……だから、」

　俺は莉々《りり》に向かって、手のひらを差し出した。

「やるか、やらないか。自分で責任持って決めてほしい」

　我ながら脅《おど》すような言い方で、臆病《おくびょう》な莉々《りり》には酷《こく》だと思う。

　だけど俺はどんな〈姫《ヒロイン》〉が相手でも、ここだけは絶対にごまかしたくない。

　莉々《りり》が、長く逡巡《しゅんじゅん》する。

だけど……最後には。

「――がんばるっ。……よろしく、おねがいします……！」

小さな震《ふる》える手は、俺の手を強く掴《つか》み取《と》ってくれたのだった。

☽

「――というわけで、今日の報告は以上だ。莉々《りり》、頑張《がんば》ってたよ」

「ん。エモいね」

俺の枕《まくら》に顔を埋《う》めてくんかくんかしながら、ベルがテキトーに返事を返してくる。

呼吸のように行われる変態行為《へんたいこうい》に、最近は慣れてしまった自分が悲しい。

「で。この件なんだけど、一個やらかしちゃったのをベルに報告しないといけなくて……」

「……やらかし？」

「その……莉々《りり》と握手《あくしゅ》した後な」

俺はいたたまれなくなって顔を覆《おお》った。

「か、感極《かんきわ》まって……思わず、莉々《りり》の頭を撫《な》でてしまって！」

『――よーし、偉《えら》いぞ莉々《りり》っ！　頑張《がんば》ったなっ！』

『――あ、あうう……⁉（顔真っ赤）』


「セクハラで訴《うった》えられるかもしれん、俺……！」

やって来たフラッシュバックに、俺は身体中《からだじゅう》を掻《か》きむしる。
キ、キモい。サブカルしか参考文献《さんこうぶんけん》を知らない童貞《どうてい》感が溢《あふ》れてて本当にキツい！
いやでも違《ちが》うんだよ！　あまりにも莉々《りり》がいじらしくて、身体《からだ》が勝手に……！

「……ロリコン犯罪者」

「ち、違《ちが》う！　俺はロリコンじゃない！　莉々《りり》が特別なんだ！」

「じゃあなに莉々《りり》コン。それが相談？」

そんな汚物《おぶつ》を見るような目で見ないでほしい。汚物《おぶつ》なんだけど。

「そのう……前みたいに配信を使って、アレが嫌《いや》じゃなかったかを探《さぐ》れないかな？　俺が莉々《りり》に嫌《きら》われたら元も子もないから……」

「そのことだけど」

ベルが俺のスマホをひったくる。

「今日から夜光《やこう》さま、配信見るの禁止。恋《こい》に落とすとかも、いったん全部忘れてほしい」

「ええっ⁉　何で⁉」

「絶対おかしくなるし、怪《あや》しまれるから」

怪《あや》しまれるって……あ、そうか。

「配信で喋《しゃべ》ったことが即《そく》俺の行動に反映されたら、こいつ覗《のぞ》いてるなってバレちゃうのか」

「そう。それからアーカイブを確認《かくにん》したら、莉々《りり》は夜光《やこう》さまと出会った日に、夜光《やこう》さまのことを結構話していた。視聴中断《しちょうちゅうだん》した昨日のスパチャ読みにも、最後ちょっとだけ出てる」

「えっ？　何て言ってた？」

「ほら。気になるでしょ。夜光《やこう》さま不器用だし小物だから、知らない振《ふ》りとか絶対むり」

「小物言うなお前」

まあ認めるけど……。でも確かに、覗《のぞ》くと『莉々《りり》が話したこと』と『らびが話したこと』の情報管理をしないといけなくなってしまう。

できるとは思うけど、それは対等な人間関係とは言えないだろうな。

「分かった。俺もカンニングはなしで勝負しよう！」

「ん。……じゃ、わたくしは帰る」

「あ。待て」

窓に手をかけるベルの背中に問いかける。

「今日はついて来ないで、何してたんだ？」

「仕事」

「ヤンキーの真似事《まねごと》が？」

「………ちゃんと変身したのに、なんでバレたの？」

「今お前が喋《しゃべ》った」

やっぱりそうだったか。どう考えてもタイミングが良すぎると思ったんだ。

言葉通り頭が上がらない俺は、ベルに深く頭を下げる。

「汚《よご》れ仕事をやらせてごめんな。それから、ありがとう。本当に助かった」

「……ふふ。どういたしまして」

嬉《うれ》しそうにハグをして、ベルは箒《ほうき》で飛んで帰っていった。

……よし。俺も頑張《がんば》らないと。

まずは動画サイトのアプリを削除《さくじょ》しようと、ベルから返してもらったスマホを取り出す。

するとタイミングよく、莉々《りり》から突然《とつぜん》通話がかかってきた。

「な、何だ？　…………もしもし、莉々《りり》？」

『──あっ、夜光《やこう》氏！　や、夜分遅《おそ》くにすまぬ。あのね、明日は、何時集合なの……？』

おお、やっぱり通話だと既《すで》に十分喋《しゃべ》れてるな……！

とはいえ、全てはここからだ。俺は明日の訓練内容や集合時間などを伝えてあげる。

「──という感じだから。……じゃあ、また明日な。今日は夜更《よふ》かしせずに寝《ね》るんだぞ？」

『う、うむ。……あのね、夜光《やこう》氏』

砂糖菓子《さとうがし》みたいな声が、俺の耳をくすぐる。

『ありがとう。わたし、頑張《がんば》るから、見守っててね……！』

「…………っ」

『うぇへへ、じゃあね。……おやすみなさい』

通話が切れると、俺はしみじみと息を吐《は》いた。

「もうロリコンでもいい」

待ってろ莉々《りり》。必ずやリアルでも輝《かがや》けるように、俺が導いてやるからな……！

☾

5/2 Lesson：簡単なコミュニケーションのため、コンビニで買い物をしてみる

「――お会計、八百七十円になります。こちら温めますか？」

「……っ⁉　や、夜光《やこう》氏ぃ……」

「甘えるな。俺の顔を見ても何も解決しないぞ」

「(チワワみたいに潤《うる》んだ目で俺を見てくる)」

「……………温めてあげてください」

「かしこまりましたー」

「……！　夜光《やこう》氏ぃ……！」

「こ、今回だけだからな。次こそ自分でやるんだぞ？」

「……っ！　つ、次は温めぬやつを選ぶ……！」

「本末転倒《ほんまつてんとう》だ！」

5/2 Lesson：難しいコミュニケーションのため、ラーメン屋で飲食してみる

「──はい、二番卓《たく》のお嬢《じょう》さん！　ニンニク入れますか？」

「ヤサイカラメニンニク抜《ぬ》きで。あっ、店長氏、店舗《てんぽ》限定《げんてい》の紅ショウガもお願いしたく」

「あいよ────ッ！」

「なぜコンビニは無理なのに次郎《じろう》系は初回から玄人《くろうと》なんだ!?」

「オタクはミームでの会話が得意ゆえ。それに……よく来るし……」

「よく来るのかよ！　先に言えよ、訓練にならないだろ!?」

「（逃《に》げるように水を取りに行く）」

「こ、こいつ……。次はもっと厳しくしてやる……！」

5/3 Lesson：道案内を通して、知らない人と会話してみる

「──すまんのう、そこのお嬢《じょう》さん。宵街書店《よいまちしょてん》はどこか、道を教えてくれんかのう」

「う……！　あ、あの、おばあちゃん氏。ス、スマホ、ある、ますかっ？　目的地まで、マップ、設定する……！」
「だそうですが。魔女《まじょ》みたいなおばあさん」

「ヒヒッ。すまんがスマホを持っておらんでのう。口頭で、詳《くわ》しく、わたくしに教えてくれんかのう。ヒ～ッヒッヒッヒ！」

「（涙目《なみだめ》で俺の袖《そで》を掴《つか》む）（首をぶんぶん振《ふ》ってる）（ベルもちょっとやりすぎだが……）」

「甘えない。俺の顔に地図は書いてないぞ」

「う、うう……！　がんばる……！」

5/4 Lesson：人が多い環境《かんきょう》に慣れるため、渋谷《しぶや》にお出かけしてみる

「──夜光《やこう》氏ぃぃ……！（スクランブル交差点の激流に呑《の》まれていく）」

「りっ、莉々《りり》──っ！　こっちだ！　こっち！」

「……っ！（必死に腕《うで》にしがみついてくる）」

「す、すまん。人で見失ってしまって。……どうする？　少し休憩《きゅうけい》するか？」

「…………っ。……ま、まだ、頑張《がんば》り、たい……ぞ…………」

「おお……！　偉《えら》いぞ、その意気だ！　じゃあ、迷子だけは本当に気を付けて──」

「（穴が開きそうなぐらい、俺の空いた手をじーっと見つめてくる）」

「…………そ、その。莉々《りり》さえ嫌《いや》じゃなければ、はぐれないように手を繋《つな》いでみるか……？」

「よ、よし。悪いが我慢《がまん》して頑張《がんば》ってくれ。レッスンも残り僅《わず》かだから！」

「……！（凄《すご》い勢いで頷《うなず》く）」

5/5 Lesson：学校に楽に通うため、事前に知人や友達を作っておく

「──うぃっす、莉々《りり》ちゃん！　夜光《やこう》ちゃんのツレ、来栖湊《くるすみなと》です。よろしくね～？」

「（びくっ、と身体《からだ》をこわばらせる）（陽キャこわい……！）（そんな目で俺を見てくるが）」

「（腕《うで》を組んで目を瞑《つぶ》り、あえて無視）」

「…………！　わ……たしは……星街《ほしまち》、莉々《りり》……です。一年生、です！」

「（よ、よし……！　偉《えら》いぞ、頑張《がんば》った！）」

「学校に、通えるように、練習しています。お友達になって、くれると、嬉《うれ》しい、です！」

「おー、そんなのあったり前じゃん！　ていうかもう友達だろ？」

「……！　う、うむ……！　うぇへへ……」

莉々《りり》が、心から笑っている。

ただそれだけで泣きそうなほど嬉《うれ》しい。

莉々《りり》は一生懸命頑張《いっしょうけんめいがんば》った。その甲斐《かい》あってすごく成長した。何もかもが計画通りだった。

ただ……ひとつだけ想定外を挙げるとするなら、それは莉々《りり》が成長しすぎたことだろう。

ビックリするぞマジで。

この数日で、ほぼ別人になったから。

☽

「――夜光《やこう》氏っ、テイクアウトしてきたぞ。テリヤキバーガーセットでよいのだよね？」

「ああ。ありがとう。……そういえばドリンクを伝え忘れていたよな？」

「むっ、ホットコーヒーのお砂糖ミルクなしだよね？　違《ちが》っただろうか？」

「……いや。大正解だ。ありがとうな」

「うぇへへ。どういたしまして、夜光《やこう》氏っ」

あの日注文できなかったハンバーガーの袋《ふくろ》を誇《ほこ》るように見せて、莉々《りり》は笑っていた。

「……夜光《やこう》氏？　どうしたの？　まぶしい？」

「フッ……。少し、夕陽《ゆうひ》が沁《し》みてな……」

清船公園《きよふねこうえん》のベンチで、俺はほろりと涙《なみだ》を流す。

あの日、あのとき、この場所から……本当に、よくぞここまで……！

娘《むすめ》の結婚式《けっこんしき》を見る父親みたいになっていると、莉々《りり》が頰《ほお》をハンカチで拭《ぬぐ》ってくれた。

「だいじょぶ……？」

「ああ。ありがとう、大丈夫《だいじょうぶ》だ。もういいぞ」

「…………（全然離《はな》れない）」

「りっ……莉々《りり》？」

反抗期《はんこうき》か？　っていうか何か……。

距離《きょり》、近くない？

男にそんな顔近づけちゃダメだろ。ていうか何このお人形さんみたいに綺麗《きれい》な顔……？

不意にどきっとしてしまい、俺はベンチの端《はし》までスライドして逃《に》げる。

同じようにスライドして、莉々《りり》が追ってきた。

「……なにゆえ、逃《に》げるの？」

「…………っ!?（首をぶんぶん振《ふ》る）」

「……言ってくれないと、分からないよ……？」

それ君が言っちゃう？

たじろぐ俺に、莉々《りり》は頭を下げて向けてくる。

「ど、どうした？」

「……わたし、ハンバーガー……買えた、よ……？」

「あ、ああ。本当にえらいよ！　俺は感動してる！」

莉々《りり》がそのまま上目遣《うわめづか》いで、俺を見てくる。

「……ご褒美《ほうび》、ないの…………？」

――こ……これってもしや……おねだり、されてる……？

勘違《かんちが》い男になるのが怖《こわ》くて、俺はおそるおそる手を伸《の》ばしていく。

莉々《りり》は全く避《さ》けようとしない。どころか、徐々《じょじょ》に頭を近づけてくる。

俺はごくりと唾《つば》を呑《の》んで、莉々《りり》の頭を優《やさ》しく撫《な》でた。

柔《やわ》らかい髪《かみ》が、絹のように指を滑《すべ》っていく。

「……は、ぁ、っ……。夜光《やこう》、氏ぃ……」

莉々《りり》はまるで愛撫《あいぶ》されたみたいに、熱の籠《こ》もった吐息《といき》を漏《も》らした。

「――っ。よ、よし、じゃあ食べよう！　冷めちゃうからな⁉」

慌《あわ》てて手を引く。

やばい。今、取り込まれそうだった。このドキドキは犯罪臭《はんざいしゅう》がして本当にマズい！

俺は脳内で必死に母と妹の顔を思い浮かべ、邪《よこしま》な火を消す。

「ときに夜光《やこう》氏。明日は、朝の何時に集合なの？」

あ、そうだった。その話をしないと。

「いや、明日はゆっくり寝《ね》ててくれ。日中の予定はナシだ」

「えっ……？　なにゆえ？」

「なにゆえって……。気付いてなかったのか？」

それだけ夢中だったんだろうな。俺はスマホのカレンダーを見せてやる。

五月六日――土曜日。

「もう、訓練は終わりだよ。連休は明日までだからな」

「――――っ!?」

がたりと莉々《りり》が立ち上がった。

横に置いていたドリンクが、足に当たって地面にぶちまけられる。

「おわっ。莉々《りり》、大丈《だいじょう》――」

「――いやだ！」

初めて聞く大声だった。

そのあと、世界から酸素がなくなってしまったみたいに、莉々《りり》は口をぱくぱくさせる。

「……ま、まだ…………いや…………っ」

……そうか。きっと、心細くなってしまったんだな。

「大丈夫《だいじょうぶ》だよ、莉々《りり》」

これは気休めの言葉じゃない。俺は莉々《りり》の努力を心から信じている。

「必要なことはやってきたし、力も十二分に付いている。自信を持っていいんだよ」

「……っ、で、も……。ひとりだと、わたしは……！」

「そんなことない。莉々《りり》は全部、ひとりで成《な》し遂《と》げてきたよ」

これで問題は解決される。最初に俺が目指していた形通りだ。

「もう俺が側《そば》に居なくても、莉々《りり》はひとりでやっていけるよ」

「…………………………」

「というわけで、明日は打ち上げ兼《けん》最終訓練。夜の学校に入って、教室の下見だ。許諾《きょだく》の関係はもうクリアしてある。莉々《りり》も、念のためもう一度親御《おやご》さんに話を――」

……そして。

最後の訓練に、莉々《りり》は現れなかった。

☽

深夜、星蘭高校《せいらんこうこう》の校門前で途方《とほう》に暮れる。

メッセージや通話にも全く反応がない。もしかして事故にでも遭《あ》ったんじゃないかと心配したのだが、隣《となり》のベル曰《いわ》く、

「だいじょぶ。家で引きこもってる。配信もしてた」

とのことだ。

安心したけどダメージも入った。それってつまりだ。

「……お、俺…………莉々《りり》に避《さ》けられてる、の……？」

下腹が氷のナイフで刺《さ》されたみたいにきゅうっとなった。

えっ……死にたい……。いやしかし、本当に訳が分からんぞ⁉

「俺はどこで間違《まちが》ったんだ⁉　やっぱりあの頭撫《な》でたのがキモかったのかな⁉　いやそれともあのときのアレか⁉」

「……普通《ふつう》に莉々《りり》が怖《こわ》くて逃《に》げたとか、考えないの？」

「それはない」

これには絶対の自信がある。

「今の莉々《りり》が学校行く程度怖《こわ》がるわけないだろ。今までの訓練の方がよっぽど辛《つら》いぞ」

「ん。その通り。実は莉々《りり》、不登校とかもうどうでも良くなってる」

「……えっ？」

間抜《まぬ》け顔をする俺に、ベルはくすりと微笑《ほほえ》んだ。

「夜光《やこう》さま、問題間違《まちが》えてる。もうコミュ障とか不登校のやつ、解決済だよ」

「なっ……じゃあ、一体他に何の問題が？」

「女心」

俺は深呼吸する。夜空を見上げると星が綺麗《きれい》だった。

「……あのう。答えを教えて頂けないでしょうか……？」

「天才（笑）」

「やかましい！　自力で解けないから童貞《どうてい》なんだ！」

「それは言えてる」と肩《かた》をすくめて、ベルが大きめのウインドウを描《えが》く。

映してくれたのは、久々に見る莉々《りり》のチャンネルトップページ……だったのだが。

俺は我が目を疑った。

「何ぃっ⁉　チャンネル登録者数…………百万人だとっ⁉」

「ちなみに誤表示じゃない。わたくしも干渉《かんしょう》してないよ」

「嘘《うそ》だろこんなことありえるのか⁉　一週間前と比べて十倍だぞ⁉」

一体俺が見てない間に、莉々《りり》側では何が起こっていたんだ？

「実は莉々《りり》、バズっていた」

「バ……バズる？　あのニッチなトーク内容で？」

「違《ちが》う。バズったトークテーマは、ぜんぶ恋《こい》バナ」

どっきりのネタばらしをするみたいに、ベルが笑った。

「──莉々《りり》は、夜光《やこう》さまに片想《かたおも》いしてるの」

☾

4/30【KPEX】ソロマス達成後の惰性《だせい》【ランク】
「──あっ、そういえばみんな氏。覚えている者はいるだろうか？　ゲーセンの眼鏡氏を」

「なんとね、今日……再会できたの。しかも一緒《いっしょ》にゲームして遊んだぞっ」

「眼鏡氏はどのゲームもとっても強かった……！　とてもとても楽しかった」

「あとね、あとね？　兎宮《うさみや》、喋《しゃべ》れないのに、眼鏡氏は全然怒《おこ》らなくて。その代わりに、沢山《たくさん》自分の話をしてくれてね？　しかもっ、眼鏡氏は兎宮《うさみや》と同郷の者だと分かったのだ！」

「そ、そう。せんぱい、だ。……兎宮《うさみや》、初めてせんぱいと、おともだちができた……！」

「うぇへへ。……うれしい。うれしいぞ……っ」

「また、わたしと遊んでくれるかなあ……？」


5/1　【告知】兎宮《うさみや》らびからの大切なおしらせ　【活休じゃないよ】

「――みんな氏……。今日はみんな氏に、どうしても伝えねばならぬことがある」

「こ、こういうことは言わないのが暗黙《あんもく》の了解《りょうかい》だと、インターネッツが長い兎宮《うさみや》は分かってはいるのだ。だけど兎宮《うさみや》は、みんな氏には全てをさらけ出すと決めているから……覚悟《かくご》をもって、言わせてほしい」

「じ、実は……わたし……っ、眼鏡氏のことを、すっ……好きになってしまったのだ……っ」

「ううう……ごめんなさいみんな氏ぃ！　クソチョロ宇宙人でごめんなさいぃ！」

「でもでもだって、仕方ないではないかっ。あんなの、あんなの……あ、頭、頭……っ！　あんなのオチるに決まってるではないかっ⁉　ずるい、ずるい、ずるいよぉ……！」

5/2【地球着陸計画】次郎《じろう》インスパイヤVS宇宙人VSダークライ【訓練報告】

「──み、みんな氏ぃ。エマージェンシーだっ」

「わ、わたし……つい今日、テンション上がって、大盛完飲しちゃったの……」

「ど、どうしよう？　絶対食《く》いしん坊《ぼう》のデブだと思われてしまったぞ……！　やだやだやだやだっ、眼鏡氏には可愛《かわい》いって思われたいのに！」

「どうすればリカバリできるのかっ？　みんな氏っ、ネットの英知で兎宮《うさみや》を助けろ！」

5/3【地球着陸計画】人生迷子、道案内をする【訓練報告】

「──でねっ。眼鏡氏がそのあと何度も外国人に道を訊《き》かれてね？　英語とか中国語とか、ペラペラで案内してたのだ……！」

「カッコよかったぁ……。道を尋《たず》ねる人も、きっと眼鏡氏なら助けてくれるというのを感じ取るのだろうね。だから沢山《たくさん》道を訊《き》かれるのだろうね」

「……そんなだから、眼鏡氏はきっと、モテるよね……」

「…………ひょっとして、かのじょとかいるのであろうか…………」

「…………そんなの、やだなぁ。…………やだよ…………」

「どんどん、欲張りになっていく。……どんどん、嫉妬《しっと》してしまう」

「うぇへへ。こんなわたしは、見せられないね。……みんな氏とわたしだけの秘密だよ？」

5/4【地球着陸計画】スクランブル交差点、ぐるぐるまわーる【訓練報告】

「――やったぞみんな氏！　みんな氏の作戦……はぐれたフリして手を繋《つな》いでもらう大作戦、大成功だ！」

「でも、後々思ったのだ。普《ふ》通《つう》に手を繋《つな》がれるって、兎宮《うさみや》、女として圏外《けんがい》……？」

「……………やっぱりみんな氏は無能っ！　わたしはこんな現実知りたくなかった――っ！」

5/5【地球着陸計画】おともだちがたくさんできました【訓練報告】

「――今日、沢山《たくさん》の友人を紹介《しょうかい》してもらった。みんな良き者で、兎宮《うさみや》は心がほくほくだ……」

「友人はその人を映す鏡というのは本当だね。チャラ男氏も格好良くて、素敵《すてき》な人だった」

「だけど――わたしの一番は、眼鏡氏なのは揺《ゆ》るがないぞっ」

「…………わたしは本当に、あの人が好きなのだ」

「兎宮《うさみや》はしあわせだ。……生きていてよかった」

「――今みたいな時間が、ずうっと続いてくれますように……」

切《き》り抜《ぬ》き動画というものがある。

長時間の配信を全部観《み》るのは厳しいため、面白《おもしろ》い所だけを切《き》り抜《ぬ》いて楽しもうという趣旨《しゅし》の短時間動画だ。配信の入り口として大変優《すぐ》れており、俺が観《み》たのもこれだった。

初恋《はつこい》に落ちたオタク美少女宇宙人、不登校克服《こくふく》と恋《こい》の成就《じょうじゅ》のために頑張《がんば》る——。

そんないじらしいのがリアルタイムで進行する上に、みんな連休で暇《ひま》を持て余していた。

「バズる条件は揃《そろ》っていた。わたくしも初めてインターネットの『祭り』というものに参加できて、とても興奮した」

「……こ、こんなことになってるなら、どうして言ってくれなかったんだ……？」

「最初に言った」

ベルがウインドウを描《えが》いて鏡にする。

爆発《ばくはつ》しそうなぐらい顔真っ赤な俺が映っていた。

「夜光《やこう》さま、意識したらこうなっちゃうでしょ」

「……っ、だ、だって……こんなに俺のこと……！」

嬉《うれ》しいやら恥《は》ずかしいやらで、どうにかなってしまいそうだ。可愛《かわい》すぎる。

だけど一体、なぜなんだろう？

今回俺は、恋《こい》に落とすために何かした覚えはひとつもないのに……。

「女心は複雑怪奇《ふくざつかいき》だ」

「そう？　苦しいとき、一生懸命《いっしょうけんめい》になってくれる人を好きになるのに、男も女もないと思う」

「む……。確かに、そう、か」

ひとりぼっちの莉々《りり》には、俺が白馬の王子様のように映ったということなのかな。

実際の俺はこんなやつなのになあ。

「ベル。最後の……今日の配信を映せるか？」

「ん。問題のタイムスタンプは、ここ」

画面が切《き》り替《か》わる。

泣《な》き腫《は》らした真っ赤な目をして、莉々《りり》は膝《ひざ》を抱《かか》えていた。

『――ごめんなさい。みんな氏。……もう、わたしは……頑張《がんば》れぬ……』

『……地球に着陸しちゃったら』

『…………学校に、通い始めちゃったら……』

『きっと眼鏡氏とはもう、会えなくなる。一緒《いっしょ》にいられる口実が、なくなってしまう』

『……そうなったらあの人は、きっと、わたしなんかのことは忘れてしまう。わたしにはあの人しかいないけれど、あの人はわたし以外にも、沢山《たくさん》いるに決まっているから……っ』

『……会いになんて、行けないよ。せんぱい、だよ？　わたし、なのだぞ……？』

『……知ってるでしょ。わたしなんて、ひとりじゃ何もできないのだ……っ』

『──みんな氏、ごめんなさい。……何も変われなくて、こんなわたしで、ごめんなさい』

うさ耳を垂らして、莉々《りり》は啜《すす》り泣《な》き続《つづ》ける。

まるで葬式《そうしき》のような配信だった。おそらく『兎宮《うさみや》らび』史上最低の配信に違《ちが》いない。

だけど莉々《りり》は、気付いてない。

「この配信、同接の推移は？」

「歴代最高。ずっと右肩上《みぎかたあ》がり。コメントも今までで一番多かった」

……そうだよな。

この子のこんな姿を見せられて、『みんな氏』が放っておけるはずがない。

「……ひとりじゃ、何もできない、か」

馬鹿だなあ。そんなことないのに。君は本当に凄《すご》い奴《やつ》なのに。

だけど俺はその気持ち、痛いほど分かるよ。

自分の力が、世界と繋《つな》がっている気がしなくて。

どれだけ他人が凄《すご》いと言っても、こんなものが一体何の役に立つって叫《さけ》びたくなる。

いつまでも変われない自分が情けない──そんな気持ちが、俺には誰《だれ》より分かるから。

「ベル。最後の計画を始めよう」

「了解《りょうかい》」

分かるからこそ、俺が示してあげたい。

なぜなら俺は先輩《せんぱい》で。

君の一番近くにいる、『みんな氏』の代表なんだから。

☽

「――ベル。こっちの準備は終わったぞ」

呼びかけながら、ベルが空中に残していってくれたウインドウを最終確認《さいしゅうかくにん》する。

画面の中には、我《わ》が校《こう》名物の天文台をバックに、星蘭高校《せいらんこうこう》の屋上が映っている。

「音声チェック行くぞ。……み、みんな氏ぃ～？」

両手のピースを眉《まゆ》につけて、コスプレ衣装《いしょう》を着た……眼鏡の男が笑ってる。

ついでに言うとうさ耳のカチューシャまでつけている。

何？　この恐怖《きょうふ》映像《えいぞう》は。

『いいよ夜光《やこう》さま。完璧《かんぺき》。ブラクラ踏《ふ》んだ若かりし日を思い出す』

「十分若いだろお前……。ああ、黒歴史が流出するぅ……」

だけど最初の掴《つか》みが全てだ。やるしかない。

俺は深呼吸をしながら、ウインドウ右下に抜《ぬ》かれたワイプを見る。

『兎宮《うさみや》らび』の姿のまま泣いている莉々《りり》と、その自室――つまり月面基地が映っていた。

『――お待たせ、夜光《やこう》さま。あと十秒以内に莉々《りり》家に着弾《ちゃくだん》する』

「了解《りょうかい》。ではそっちは頼《たの》んだぞ。……俺は今から」

配信URLを莉々《りり》に送って、うさ耳をぎゅむっと被《かぶ》りなおす。

「インターネットの伝説になるっ！」

[Yakou]:https://www.yourtube.com/@RabiUsamiya
[Yakou]:【地球着陸計画】我は眼鏡氏、本日みんな氏を救済する【最終章】

「――ふはははは っ！　みんな氏ぃ～？　こんらびっ！　聞こえるか？　今宵《こよい》は地球の日本から悪夢を発信中。みんな氏の孤独《こどく》な夜のパートナー代理、地球人、空木夜光《うつぎやこう》だぞっ！」

莉々《りり》のチャンネルジャック――NOW ON AIR。

なんだなんだとコメント欄《らん》が騒《さわ》ぎ出《だ》す。そしてワイプで抜《ぬ》かれた莉々《りり》はというと、

『ぎょえ――――――――っ⁉』

椅子《いす》から転げ落ちていた。

さすが配信者、リアクションがいい。ベルが上手《うま》く配信に誘導《ゆうどう》してくれたようだ。

『はっ……配信っ、配信止めねばっ！　……あっ、あれっ？　な、なぜ⁉　なにゆえっ⁉』

ククク……ログインできまい。機器類は全てベルの手によりロック済みだ！

「さて、みんな氏。まずは落ち着いて聞いてくれ」

『無理であるっ！　話が全く頭に入ってこぬぞ⁉』

莉々《りり》のガヤは全て無視して、俺はばっさり本題に入る。

「――そうだ。俺は件《くだん》の眼鏡氏。彼女の……兎宮《うさみや》らびの、こ……恋《こい》のお相手だ！」

『……ぇっ…………。ま、待って。それって……』

「うん。配信内容、さっき切《き》り抜《ぬ》きで全部観《み》た」

『いやぁあああああ――――っ⁉　殺してぇえええええ――――――っ⁉』

机に頭をごんごんぶつけて莉々《りり》は悶《もだ》えている。鋼《はがね》の心でこれも無視。

「俺が出てきた詳細《しょうさい》な経緯《けいい》は、申し訳ないが割愛《かつあい》させてほしい。それより今は緊急事態《きんきゅうじたい》だ」

『き、緊急事態《きんきゅうじたい》……？』

「兎宮《うさみや》らびが――あの子が、泣いている。助けるために、ウサミヤンのみんな氏の力を貸してほしいんだ」

俺がぱちんと指を鳴らすと、

「もちろんタダでとは言わない。俺もあの子のために命を賭《か》ける」

配信画面の下に、11桁《けた》の番号が表示された。

『070…………むっ、こ、これ、まさか……？』

「俺の携帯電話番号《けいたいでんわばんごう》だ！」

『ネットリテラシ――――――っ⁉』

「これが終わればネットのおもちゃにしてくれて構わない」

だけど、と俺はカメラに携帯《けいたい》を突《つ》きつける。

「この番号にかければ、みんな氏の声は配信に乗って……あの子に、必ず届く！」

『……っ！』

「お願いだ、みんな氏。今まで彼女から貰《もら》ってきた勇気を、ほんの少しずつだけでいい。あの子に返してやってくれ。あの子が救ってきたもので、今度はあの子を救ってやってくれ！」

叫《さけ》びながら、不安はなかった。

必ず届くと信じてた。そしてその通りになった。

掲《かか》げた携帯《けいたい》から、勇気のコールが鳴《な》り響《ひび》く。

そしてそれきり、一瞬《いっしゅん》たりとも鳴《な》り止《や》まなかった。


『――あ、あの…………らびちゃん、大好きです。頑張《がんば》って……！』

『――おれ、働けてなかったんですけど…………最近らび氏を観《み》て、バイトに応募《おうぼ》したよ』

『――す、すまん。ぶっちゃけノリで電話しました』

『──彼女と観《み》てま～す☆』『らびちゃん、カレくん絶対もう一押《いちお》しだよ？　がんばれ！』

『──らびちゃん観《み》てたら負けてらんなくてさ、おっちゃん仕事辞めんのやめちゃったわ！』

『──一回コメ拾ってもらった者です。受験落ちたけど聞きながら浪人頑張《ろうにんがんば》ってます！』

『──らび氏──ッ！　好きだ～ッ！　こやつより俺氏と結婚《けっこん》してくれ──ッ！』


「……ほら。どうだ、兎宮《うさみや》らび」

俺は誇《ほこ》らしくて、胸を張った。

「これでもまだ、自分なんて大したことないって言うか？」

『……っ』

涙《なみだ》でぐしゃぐしゃになった莉々《りり》が、画面の向こうで首を振《ふ》る。

だから俺は頷《うなず》いて、分かりきったことを訊《き》く。

「まだ、地球《こっち》が怖《こわ》いか？」

『……っ、ううん……！』

莉々《りり》が力強く涙《なみだ》を拭《ぬぐ》う。

迷いを振《ふ》り切った莉々《りり》の笑顔《えがお》は、輝《かがや》く月のように美しかった。

『はやく、そっちに行きたいぞ！』

「なら、早くおいで。ぎゅーしてやるから!!」

『……っ、うむ！　夜光《やこう》氏、配信返して！』

俺は頷《うなず》き、ベルにロック解除のハンドサインを送った。

さあ、これで前座は終わり。ようやく真打ち登場だ。

『──みんな氏～？　二度目のこんらびっ！　聞こえるか！』

眩《まばゆ》い笑顔《えがお》で完全復活を果たした兎宮《うさみや》らびに、コメント欄《らん》は大盛り上がりだ。

これでもう、俺の出番は終わりだろう。

キツい衣装《いしょう》を脱《ぬ》ぎ、安心しながら配信を眺《なが》めていると、幸せなサプライズが告知された。

『今宵《こよい》は──月面裏側から移動中！　ウサミヤ星人、兎宮《うさみや》らびはこれより地球に着陸するっ。今からぜーんぶ配信するので、最後の最後までその瞬間《しゅんかん》に立ち会ってほしいぞ！』

なんと莉々《りり》は携帯《けいたい》のカメラで自分を撮《と》りながら、自室から出てしまう。

そして兎宮《うさみや》らびの姿のまま、そのまま家の外に跳《と》び出《だ》した。

『みんな氏、もう終電は終わっている。どうにか目的地へ向かう手立てを考えてほしい！』

「………莉々《りり》」

撮《と》れ高のない配信になるだろう。

だって莉々《りり》は本当は宇宙人じゃない。奇跡《きせき》も魔法《まほう》も使えっこない。

だから──ひとりの人間として、自力で移動するしかなくて。

「り、り……っ」

そんな地味な配信に、俺はぼろぼろ涙《なみだ》が止まらなかった。
『――あ、あの、夜分にすみません。車を一台お願いしたいのですが！』
莉々《りり》は自分でタクシーを予約して、
『あそこの信号の三つ目を曲がって――』
道が詳《くわ》しくない運転手に、自分で順路を説明し、
『お、お約束していた者ですが！　屋上には、どうやってゆけば……!?』
怖《こわ》そうな守衛さんに引かないで、自分の力で許可を得た。
校門をひとりでくぐり、莉々《りり》は息も絶え絶えに、夜の校舎を駆《か》け抜《ぬ》ける。
『夜光《やこう》氏――――――っ!!!』
「莉々《りり》――――――っ!!」
莉々《りり》の声が校舎から聞こえてくる。俺の声が画面から聞こえてくる。
ラストの階段を二段跳《と》ばし、三、二、一――。
光の漏《も》れる扉《とびら》をばたんと開いて、
「――夜光《やこう》氏……だいすき――――っ！」
跳《と》んできた莉々《りり》を、俺はぎゅうっと抱《だ》きしめた。
これにて、着陸完了《ちゃくりくかんりょう》――。
彼女を迎《むか》えるに相応《ふさわ》しい、月の綺麗《きれい》な夜だった。

「――……ん。ウサミヤン……リスナーの認識《にんしき》改変は完了《かんりょう》した。あとはそっちで影響確認《えいきょうかくにん》よろ。レベルⅣ超《ご》えの処理だし。……うん。…………え、出頭？　やだ」

その後、莉々《りり》に憑《つ》いていた〈影魔女《シャドウ》〉はつつがなく退治した。

事後処理を終えたベルは、珍《めずら》しく電話中だ。しばらく不機嫌《ふきげん》そうにやり取りした後、電話を切ってため息をつく。

「何か問題があったのか？」

「ん……。〈影魔女《シャドウ》〉消し飛ばすのに、月からレーザー撃《う》っちゃったのが怒《おこ》られた」

うん、それは本当に反省して？

何で今屋上が無事なのか不思議なぐらいだ。ふてくされた顔をするな。百お前が悪いぞ。

まあ……爽快《そうかい》は爽快《そうかい》だったからいいけどさ。莉々《りり》に見せてやれないのが残念だ。

俺は、膝枕中《ひざまくらちゅう》の莉々《りり》の頭を撫《な》でてやる。

彼女はとてもすっきりとした表情で、心地《ここち》良《よ》さそうに眠《ねむ》っていた。

「じゃあ、夜光《やこう》さま。後処理、そろそろ」

「ああ。……分かっている」

正直に言うと、この瞬間《しゅんかん》はやっぱり寂《さび》しい。

だけど――寂《さび》しいだけでは決してないから、俺は笑顔《えがお》で〈姫《ヒロイン》〉を送り出してやれる。

「莉々《りり》は一体、どんな学生生活を送るのかな」

「分からない。でも絶対リアルでも人気出る」

「違《ちが》いない」と俺は笑い、最後に絹のような触《さわ》り心地《ごこち》の頭を撫《な》でた。

「あとはいちウサミヤンとして、黙《だま》ってスターを見守るか。毎日高評価ボタンを押してな」

「……今後、関わる気はないの？」

「ないよ。莉々《りり》は俺から綺麗《きれい》さっぱり卒業だ」

そう、とベルは目を細めた。

「……本当にそうなってくれれば、わたくしも安心できるのに……」

「え？　なにが？」

「いいから。早く儀礼《ぎれい》」

俺は少しだけ頰《ほお》を赤らめながら、唇《くちびる》を拭《ぬぐ》う。

……じゃあやらせて貰《もら》うか。許せ、ウサミヤンのみんな氏。俺だって結構頑張《がんば》ったんだ。

絶対墓まで持っていくから、このぐらいは最後にいいだろ？

「――おやすみ、〈姫《ヒロイン》〉。良《い》い夢を」

優《やさ》しいキスで蓋《ふた》をして、長い休みはこれでおしまい。

明日からまた、学校生活の始まりだ――。

★

『――あ、あ。……みんな氏、聞こえるか？　わたしの声が聞こえるであろうか？』

『では…………みんな氏～？　こんらびっ！　聞こえるか？　今宵《こよい》は地球の日本から孤独《こどく》を発信中。みんな氏の孤独《こどく》な夜のパートナー、ウサミヤ星人、兎宮《うさみや》らびだぞっ！』

『いやー、本当にお久しぶりだねっ。兎宮《うさみや》は会いたかったぞ。みんな氏も会いたかったであろう。そうかそうか。「正直そんなに」……うむ、貴様はBANだ。二度と来るな』

『うぇへへ。なんて冗談《じょうだん》はさておいて、早速近況報告《さっそくきんきょうほうこく》に入らせてもらうね』

『しばらくお休みを頂いていてすまなかった。何分《なにぶん》学校に行くと、あまり遅《おそ》くまで起きてられぬゆえ……。うむ。そうなのだ。兎宮《うさみや》、毎日学校に行ってるの。なんとお友達もできた！　凄《すご》いであろう凄《すご》いであろう、兎宮《うさみや》もあまりの快挙にびっくりしている！』

『ただ……体力がなくて毎日授業が終わるとへとへとになるし、知らない人と話すのはまだ緊《きん》張《ちょう》するし、勉強にはかなり置いていかれている。兎宮《うさみや》には、まだ問題が山積みだ』

『でも――とっても充実《じゅうじつ》している』

『うぇへへ。みんな氏。兎宮《うさみや》は今、毎日とーっても楽しいよっ！』

『他にも、報告したいことが沢山《たくさん》あるのだが……それは追々話させてほしい』

『じ、実は、今宵《こよい》はそれどころではないのだ。緊急事態発生《きんきゅうじたいはっせい》だ』

『――実はね。わたし、なんと学校で……「彼」を見つけたの！』

『この機を逃《のが》すわけにはゆかぬ。至急、作戦会議だ。みんな氏の英知を貸してくれっ！』


そして、配信翌日。とある放課後――。

星街莉々《ほしまちりり》は夕陽《ゆうひ》が差し込む校舎の中を、一枚の紙を抱《かか》えて歩いている。

目的地は、隠《かく》しダンジョンみたいな雰囲気《ふんいき》のある特別棟《とくべつとう》の一番奥――第二理科室だ。

「つ、ついた。ここだね……？」

扉《とびら》を前にすると、ばくばくと心臓がうるさい。

正直言って逃《に》げ出《だ》したい。自分のようなクソザコが挑《いど》んでいいようなボスではないと思う。

だけど――わたしは、逃《に》げない。

「……怖《こわ》いのは、跳《と》ぶ前《まえ》だけっ……！」

沢山《たくさん》のウサミヤンがつけてくれた自信が、いつだって背中を押してくれるから。

――こんこん。

「……どうぞ？」

優《やさ》しい声音《こわね》が、莉々《りり》をどうしてか痺《しび》れさせる。

緊張《きんちょう》はすぐに立ち消えて、莉々《りり》は勢いよく跳《と》び込《こ》んでいた。

「――っ⁉　りっ…………な、何故《なぜ》、ここに……？」

――ああ。彼だ。あの日ゲームセンターで、目が合った瞬間《しゅんかん》に鐘《かね》の音が聞こえた人。

ものすごい天才って噂《うわさ》されてる人――空木夜光《うつぎやこう》氏だ。

そんな夜光《やこう》氏が、自分を見て、幽霊《ゆうれい》でも見たように驚《おどろ》いている。

「あっ、あの…………！　わ、わたしのこと…………覚えて、ますか…………？」

彼は、思い出そうとしてくれたのだろうか。

目を瞑《つむ》ってしばらく考え込んでから、眼鏡を上げた。

「いや。君のことは何も知らないな」

「…………っ」

「だけど、君じゃない君のことなら知ってるよ」

莉々《りり》が俯《うつむ》いた顔を上げる。

彼は両手のピースを眉《まゆ》に当てて、悪戯《いたずら》っぽく笑った。

「こんらび。配信者、兎宮《うさみや》らびさん。すぐに分かったよ」

「――――っ⁉（想定外の身バレに声が出ない）（なぜバレた）（そんな……⁉）」

この瞬間《しゅんかん》莉々《りり》の頭から、みんな氏と練ってきた作戦は全て吹《ふ》っ飛《と》んでしまった。

……吹《ふ》っ飛《と》んでしまったのだけれど、本当にどうしてだろう。

「……うぇへへ。バレちゃいました……」

これでいいんだという想《おも》いが、じいんと胸を熱くした。

「それで、著名な兎宮《うさみや》らびさんが何の用だ？　もしかしてどこかで会ったかな」

――……そっか。この人は覚えてないんだ。わたしと目が合ったこと。

それから配信でみんな氏に報告してたことも、きっとこの人は何も知らない。

目が合ったあの日、なぜだか無性《むしょう》に話したくて仕方がなかったこと。

だけどコミュ障の自分は結局話しかけることができず、機会を逸《いっ》してしまったこと。

それが悔《くや》しくて悔《くや》しくて仕方がなくって、大型連休中に一世一代の自分改革を行って、登校してきたことも――。

この人はきっと、何も知らない。

「――ううん。会ったこと、ありませぬ！」

だから全部、わたしの中だけにしまっておこう。

何でも曝《さら》け出《だ》す配信者だけど、喋《しゃべ》らない方が格好良いこともきっとある。

ここから始めるのだ。星街莉々《ほしまちりり》の『つよくてニューゲーム』を。

「身バレ防止のため、わたしのことは、莉々《りり》と呼んでほしいです」

「…………承知した。それで莉々《りり》、改めて俺に何の用だ？」

「……こ、これ、受け取ってほしい、です」

科学部の記入済み入部届を手渡《てわた》すと、彼はぎょっとしていた。

「う、うちは形だけの科学部で、活動なんてまともにしてないし、部員なんか俺だけだぞ?」

「だからです」

——あなた目当て、だもん。

しかしそれを言うには、まだまだレベルが足りないようだ。

だけど顔を真っ赤にしながらでも、彼と目を合わせるぐらいの力はついていた。

「せんぱいに、勉強、教えてほしいです。わたし最近まで不登校で、勉強できぬから……」

「あ……」

「毎日じゃなくてよい、ので。たまに勉強、見てほしい、です!」

拳《こぶし》を握《にぎ》りしめてこっちは必死。そんな様子を見て、彼は意地悪に笑う。

「面倒臭《めんどうくさ》いなあ。嫌《いや》だと言ったらどうするんだ?」

「配信で、せんぱいの名前と電話番号を晒《さら》しちゃう」

「何ぃいいっ⁉」

「かもしれぬので。ウサミヤ星人とは、仲良くしておいた方が、み、身のため……だよ……」

こっちとしては、ただ軽口に切り返しただけ。

だけどそれだけで、彼は眼鏡の下からなぜか目頭《めがしら》を覆《おお》っていた。

「ど、どうしました、か……?」

「……いや、夕陽《ゆうひ》が目にな。分かった。入部を認めよう」

「ほんとですかっ⁉」

「ただし条件がある」と、彼はとても優《やさ》しく笑った。

「科学部は敬語禁止だ。先輩《せんぱい》もやめてほしい。違和感《いわかん》が凄《すご》くてな」

「……分かったっ。では、夜光《やこう》氏と！」

「よし。……じゃあ今日はこれぐらいにして、新入部員の歓迎会《かんげいかい》でもしに行くか」

「おおお、歓迎会《かんげいかい》……！　一体何をするので？」

そうだな、と気取ることなく彼が言う。

「ゲーセンでめいっぱい遊んで、ハンバーガーでも食べに行こうか」

「……最高っ！」

撮《と》れ高のない、普通《ふつう》で、だからこそ特別な日常。

それを今宵《こよい》も通信で、わたしは笑顔《えがお》で報告しよう。

みんな氏、こんらびっ。聞こえるか？

今宵《こよい》は地球の日本から、小さな幸せを発信中――。

兎宮《うさみや》はもう、孤独《こどく》じゃないよ。

Episode 4 I loved Kuu

幸せなお付き合いがしたいなら、知らない方がいいものが二つある。

一つは恋人《こいびと》のSNS。そしてもう一つは、恋人《こいびと》の元カノ・元カレの存在だ。

俺の素粒子《そりゅうし》レベルに微小《びしょう》な恋愛経験《れんあいけいけん》から物を語るのは非常に恐縮《きょうしゅく》なんだけど、これらは人を不幸にすることはあっても、幸せにしてくれることはない。箱猫《はこねこ》、観測すべからずだ。

同様に自分の側からも、これらは隠《かく》し通《とお》すのがエチケットだと俺は思う。

だってそうだろう？　飲食店にゴキブリがいないわけないことも、寿司屋《すしや》の大将だって必ずトイレに行くことも、それらは消毒すれば何の問題もないこともみんな頭では分かってる。

だけど実際にその現場を見てしまったら、誰《だれ》だって物凄《ものすご》く嫌だろう？

……さて。何で急にこんなことを言っているのかというと、それはお察しの通り。

ベルは過去を探《さぐ》るのが上手で、俺は隠《かく》し事《ごと》が下手だった。

次に直面するのは、〈姫《ヒロイン》〉の問題じゃない。

この俺——空木夜光《うつぎやこう》の問題だ。

☽

「——夜光《やこう》さま。……起きて。夜光《やこう》さま」

眼鏡ユーザーが目覚めて最初にやることは、眼鏡を探すことである。

ぼやけた意識の中、いつものように右手をベッドサイドに伸《の》ばすと、

「やん……っ」

謎《なぞ》のふにふにクッションを掴《つか》んでしまった。……何だこれ？

ひとしきり揉《も》みしだいて確認《かくにん》するけど、心当たりがない。こんなの部屋にあったっけ？

「ちょっ……、あっ、や、夜光《やこう》さま、ばかっ」

「え……ベル？」

揉《も》んでた手に眼鏡が手渡《てわた》され、装着と一緒《いっしょ》に身体《からだ》を起こす。

この前選んだ黒のドエロい下着姿で、ベルが隣《となり》で寝《ね》ていた。

「うわぁあああ————っ⁉　何でいるっ⁉　何で脱《ぬ》いでるっ⁉」

シーツで身体《からだ》を隠《かく》して、ベルがむっと頬《ほお》を膨《ふく》らませる。

「何言ってるの……昨夜のこと、覚えてないの？」

「ゆ、昨夜？　…………って、あ」

——そうだ。思い出した。

昨日の放課後は、莉々《りり》の〈影魔女《シャドウ》〉退治前に約束したご褒美《ほうび》デートだったんだ。

二人っきりで街をたっぷり楽しんだ後、レストランで美味《おい》しいディナーを頂いて。

そのまま帰り道に手を繫《つな》いできたベルに、タワーマンションの最上階にある彼女の部屋にエスコートされて。

シャワーから上がってきたバスローブ姿のベルが、そのまま俺を押し倒して——！

「……始まってすぐ、また俺が落ちちゃったんだっけ……」

「そう」

ベルの拗《す》ね顔《がお》は、もはや不満を通《とお》り越《こ》して悲しそうだ。

俺も罪悪感と劣等感《れっとうかん》で、胃がきゅーっとなる。

「す、すまない……。でも深い方のキスは落ちるって前回で分かってたのに、ベルが」

「……だって」

ベルは枕《まくら》をぎゅーっと抱《かか》え、恥《は》ずかしそうに丸くなる。

「……こーふんして、無理だったんだもん……」

は？　可愛《かわい》すぎないか？

何だったら今からでも、有無《うむ》を言わさずこの子を抱《だ》きたいぐらいなのに。

「……ごめん。俺が出来そこないだから……」

だけどトラウマにやられてしまった身体《からだ》は、相変わらず反応してくれない。

心の底からがっくりきていると、ベルが後ろから抱《だ》きしめてくれた。

「いいよ。気にしないで。……時間かけて、ちょっとずつ治していけばいい」

「ベルぅ……」

「でもちょっとむかつくから、当面えっちなことはさせてあげない」

「そっ、そんなぁ⁉」

セーフラインを探《さぐ》るって名目であんなことやこんなことも試《ため》してみたかったのに！

だけど、悪いのは俺だから何も言えない。

未《いま》だに『あいつ』とのことを引きずり続けてる、俺が悪いんだ。

「……ねえ、夜光《やこう》さま。本気でこの問題、解決したい？」

「そ、そりゃそうだよ。ずっと真剣《しんけん》に悩《なや》んでて」

「だったら……どうにかするためにも」

ベルが少し口ごもって、

「……わたくしにも、原因を――」

「ああっ、まずい⁉　遅刻《ちこく》する！　今すぐ支度《したく》しないと！」

俺は慌《あわ》ててベッドから跳《は》ね出《で》て、脱《ぬ》ぎ捨《す》ててあった服にいそいそ着替《きが》え始《はじ》める。

ベルはそれ以上、何も追及《ついきゅう》してこなかった。

……『あいつ』のことは、ベルには言うべきじゃない。

それが相手を想《おも》いやる上での、エチケットというものだろう。

「夜光《やこう》さま。今日何かあったら、すぐ報告してね。飛んでくから」

「え？　学校に付いてこないのか？」

「ん。本部から緊急招集《きんきゅうしょうしゅう》がかかった。一日拘束《こうそく》されそうで、くそだるい」

「……レーザーの件といい、今度は何をやらかしたんだ？」

「今回はわたくしじゃない」

久しぶりに魔女装束《まじょしょうぞく》に着替《きが》えて、ベルがため息をつく。

「〈影魔女《シャドウ》〉を人間界に解き放った犯罪者の足取りが、掴《つか》めたかもって話が出てる」

コケそうになるぐらい驚《おどろ》いた。

「何……!?　この件、黒幕がいるのか!?」

「いる。ファイという〈逆魔女《ぎゃくまじょ》〉。雑に言うと、古代の悪の大魔女《だいまじょ》を崇《あが》める秘密教団の魔女《まじょ》。

この件、説明すると長くなるけど」

ベルは窓から箒《ほうき》を呼んで、さっと跨《また》がってしまう。

「説明する気は一切《いっさい》ないから、しくよろ」

「な、なんで!?　気になるのに！」

「……ばいばい。あいしてるよ、夜光《やこう》さま」

ちゅ、と口封《くちふう》じのキスをして、ベルは窓から飛んで行ってしまった。

「……『そっちが全部話さないいんだからこっちも別にいいよね？』だよな。今のって」

ベルカ・アルベルティーネ検定準一級ぐらいの和訳に出ます。

モヤモヤするけど、でもこれぐらいは甘んじて受け止めよう。

元カノの話なんてベルにはできない。

☽

「昨夜、元カノと一晩中ヤッちまったんだわ」

「殺していいか湊《みなと》？」

なのに登校して最初の話題がこれかよ。

早朝から席までからかいに来た湊《みなと》の胸《むな》ぐらを締《し》め上《あ》げる。

「スナック感覚で女をつまむなぁ……！　童貞《どうてい》で悩《なや》む男の前で！」

「いやー、好きな子いじめちゃうタイプだからオレ」

おのれ資本主義とかいう欠陥制度《けっかんせいど》め……！

なんで金と女って元々持ってる奴《やつ》の所に集まるんですか？　富を再配分してくれよ。

「大体湊《みなと》は、最近桐桜学院《とうおうがくいん》の子とイイ感じだって言ってなかったか？」

「そうだなあ。今日も会うもん」

「……元カノと寝《ね》た翌朝にぃ？」

俺は思いっきり眉《まゆ》をひそめる。

「別にフテイって訳じゃねーぞ？　オレ誰《だれ》とも付き合ってねえし」

そうなんだよなあ……。こいつ今、特定の相手はいないんだよな。

「その通りかもしれないが、今懇《ねんご》ろになってる子に不義理だなとは思わないのか？」

「はは、真面目だなー夜光《やこう》ちゃんは。まあそれを求めてんだけどさ」

湊《みなと》がへらーっと笑う。

こいつは俺が怒《おこ》ると、何でか知らんがいつも嬉《うれ》しそうだ。

「ま、実際昨夜のはちょっと衝動的《しょうどうてき》すぎて反省だわ。相手が相手だったからさ～」

「相手？」

「初めて付き合った元カノだったんだよ。二つ上の先輩《せんぱい》。大学は地元離《はな》れちまったらしいから
もう会えねーかなって思ってたんだけど、たまたま帰ってきてたのとばったり会ってさ」

頬杖《ほおづえ》を突《つ》いて、湊《みなと》は遠い目をする。

「色々思い出して、ちょっとマジになっちまったね」

「……そうかぁ。初めての、元カノか……」

俺も同じように遠い目になる。

倫理的《りんりてき》にはいけないんだろうが、友人としては庇《かば》いたくなってしまうな。

「気持ちは分かるよ。俺も初めての元カノを永遠に引きずっているから……」

「──はぁっ⁉」

湊《みなと》が胸《むな》ぐらを掴《つか》んできた。

「夜光《やこう》ちゃん元カノいたの⁉　ざけんなよマジで！」

「えええええっ⁉　なぜ⁉」

「それは何か違《ちげ》えじゃん！　夜光《やこう》ちゃんは永久に女なんか知らなくていいんだよ！」

何でだよ。知りたいよ。

「なによ……そいつどんな女なのよ⁉　詳《くわ》しく教えなさいよ！」

「お前は何なんだよ。……ええ？　どんな女かあ」

思えば、『あいつ』のことを人に話すのって初めてかもしれない。

ベルには絶対に言えないから、ここで吐《は》き出《だ》せるのはちょっと嬉《うれ》しいことだった。

「名前は、六条《ろくじょう》・リーズレット・紅羽《くう》。一言で言えば『完璧《かんぺき》な女』だ」

「……りーずれっと？　完璧《かんぺき》な女ぁ？」

「外国の血が入っていてな」

今になって思うと、あいつももしかしたら魔女《まじょ》だったのかもしれないなあ。

まあ何から何までベルとは真逆の女だから、違《ちが》うとは思うけど。

「この世で一番の美人だった。今も変わらずそう思う」

「はえー……。綺麗《きれい》系？　可愛《かわい》い系？」

「大人っぽい綺麗《きれい》系だな。百七十センチは確実に超《こ》えていた。中三とは思えないほどスタイル抜群《ばつぐん》で、モデルでもあいつと並ぶのは嫌《いや》だと思う」

「いい……マジで？」

「マジだよ。性格も洗練されてて、いつも余裕《よゆう》の笑《え》みを絶やさない奴《やつ》でな……。怒《おこ》ったりとか感情的になってるところを見た記憶《きおく》が一度もない」

「へー……」

「頭も俺より遥《はる》かに良かったんだぞ？　運動神経も抜群《ばつぐん》なんてもんじゃない。部活に入ればあらゆる記録を簡単に塗《ぬ》り替《か》えて、でも興味ないからってさらっと辞《や》めてだな——」

俺はウキウキで『あいつ』の武勇伝を並べる。いくら魅力《みりょく》を語っても尽《つ》きることはないが……ああ、そうだ。

大事な特徴《とくちょう》を伝え忘れてた。

「あいつは見《み》蕩《と》れるほどに綺麗《きれい》な、紅色の髪《かみ》と瞳《ひとみ》をしていたよ」

「……はは一ん。夜光《やこう》ちゃん」

俺の肩《かた》にぽんと手を置いて、湊《みなと》はまた嬉《うれ》しそうに笑った。

「『創っちゃった』か、元カノ」

「な……っ⁉ 違《ちが》う！ 本当にいたんだって！」

「じゃあ写真見せてくんね？」

「う……。いや、あいつは写真嫌《しゃしんぎら》いで、一枚も……」

「夜光《やこう》ちゃーん。それちょっと苦しくねえ？」

本当にそうだよなあ……。そんな女いるわけないだろって思うよな。

でも、確かにいたんだよ。

全く忘れられないぐらい、あいつは今でも俺の中にいるんだよ――。

「――えー、みなさんすみません。まだ予鈴《よれい》鳴ってないんですが、席について貰《もら》えますか」

うだうだ話していると、担任の橋倉《はしくら》先生が教室に入って来た。

窓と扉《とびら》を全部閉め切ると、こほんと咳《せき》をする。

「突然《とつぜん》ですが少し大きなお知らせがあります」

何だろう、と耳を傾《かたむ》ける。

「本日からこのクラスに、転入生が一名加わることになりました。……名前は――」

☾

「――六条《ろくじょう》・リーズレット・紅羽《くう》だ。初めまして」

玲瓏《れいろう》な声が教室に響《ひび》いた。

ルビーみたいな瞳《ひとみ》。完璧《かんぺき》な目鼻立ちとスタイル。知性を湛《たた》えた立《た》ち振《ふ》る舞《ま》い。

そして何年経《た》っても色褪《いろあ》せない、流れる炎《ほのお》のような美しい紅髪——。

俺の心の中からそのまま出てきたように、紅羽《くう》は再び俺の前に現れた。

「……嘘《うそ》、だ……」

ありえない。

夢だ。こんなの夢に決まってる。

だから頼《たの》むからもう、二度と覚めないでくれ……。

「私事都合によりしばらく世界を転々としていたが、このたび落着して故郷の日本に戻《もど》って来《き》た。異国の血が入ってはいるが、歴《れっき》とした日本人だ。どうか仲良くしてくれると嬉《うれ》しい」

紅羽《くう》が普通《ふつう》に自己《じこ》紹介《しょうかい》をする。

ただそれだけで、教室の誰《だれ》もが心を奪《うば》われてしまったのが分かった。紅羽《くう》は常に、カリスマと言うべきオーラを纏《まと》っているから。

「——はい。では、しばらく質問の時間を取ります。六条《ろくじょう》さんに質問のある人は挙手を——」

担任の橋倉《はしくら》先生がそう促《うなが》すと、クラスのみんなが物凄《ものすご》い勢いで手を挙げる。

だけど俺は手を挙げない。

顔を覆《おお》うように頬杖《ほおづえ》を突《つ》いて、必死に自分の存在を隠《かく》そうとした。

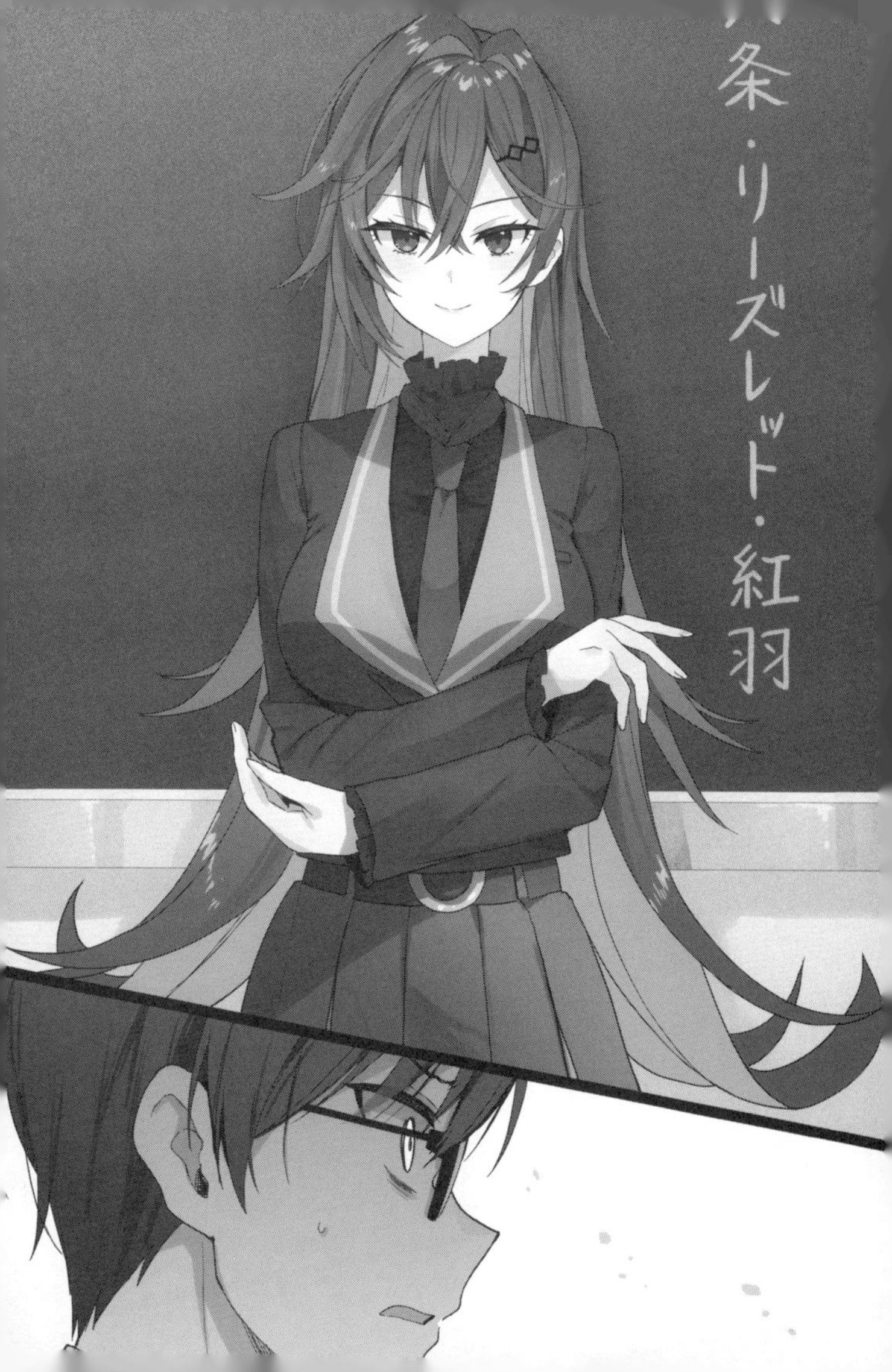
条・リーズレット・紅羽

だって……何を言えばいいのか分からないし、何を言ってしまうのか分からない。

「──どこを見ているんだ？」

だけど紅羽《くう》は、そんな俺の気持ちなんていつもお構いなしだ。

全員の挙手を無視して、俺の机の前までつかつかと歩いてくる。

「フフフ。私より面白《おもしろ》いものが、外にあるのか？」

「……っ、紅羽《くう》……」

観念して前を向く。

とっても豊かな膨《ふく》らみが、組んだ紅羽《くう》の両腕《りょううで》の上に乗っていて……。

「……こら。もう一度言うが、どこを見ている？」

「え、あ、いや、ごめん⁉」

「フフ。許さない。立て」

ちょいちょい、と人差し指で紅羽《くう》が促《うなが》す。

逆らう気なんてなく、俺が従順に立ち上がると、

「──久しぶり。夜光《やこう》」

紅羽《くう》が俺の胸元《むなもと》に飛び込んで、抱《だ》きついてきた。

「ずっと、会いたかった」

脳細胞《のうさいぼう》が一瞬《いっしゅん》で死滅《しめつ》して、俺はイカれた鼓動《こどう》を打つだけの生命体になった。

抱《だ》き返《かえ》していいのかと、両腕《りょううで》がさまよう。

「……紅羽《くう》っ」

やがて衝動《しょうどう》が抑《おさ》えきれなくなって、俺はぎゅうっと紅羽《くう》を抱《だ》きしめ返した――

「――というわけで、諸君」

はずだったのに、武道の達人みたいな身のこなしでするっと抜《ぬ》けられ、空振《からぶ》った。

俺の肩《かた》にぽんと手を置き、紅羽《くう》が微笑《ほほえ》む。

「見ての通り既《すで》に相手がいるので、私へのアプローチは遠慮《えんりょ》してほしい。それでもなお私と懇《ねんご》ろになりたい者がいるなら、まずはこの男を倒《たお》してから私の前に立つように」

「はぁっ!?　ちょっと、何言って――!?」

「フフフ。頼《たの》んだぞ」

きっと確信犯で、紅羽《くう》が耳元で囁《ささや》く。

「――また私を護《まも》ってくれよ。騎士《きし》様？」

別の女の子と誓《ちか》った指輪が、薬指で疼《うず》いた。

☾

激動の一日になった。

二年A組に天地鳴動の美少女が転校してきた。しかもその子はあの鼻持ちならん天才・空木《うつぎ》夜光《やこう》と付き合っているらしい――。そんなセンセーショナルな噂《うわさ》は瞬《また》く間《たま》に学年中に広まり、俺はスキャンダルが露見《ろけん》した芸能人の如《ごと》く、方々から激詰《げきづ》めされることと相成った。

もう、本当に疲《つか》れた……。

ただ、個人的に一番キツかったのは大騒《おおさわ》ぎになってしまったことじゃない。

『――フフ。上手《うま》く合わせてくれよ？』

俺は犬みたいに従順に、紅羽《くう》の彼氏を演じてしまった。

嘘《うそ》の関係でも嬉《うれ》しくなってしまうぐらい、自分が重篤《じゆうとく》であることが情けなかった。

……ベルに連絡《れんらく》なんて、もちろんできなかった。

「――はあ……。疲《つか》れた……」

「フフ。お疲《つか》れさま」

放課後、俺は特別棟裏《とくべつとううら》の休憩所《きゆうけいじよ》に紅羽《くう》を連れてきた。

ここは人通りがほとんどない、俺のいくつか持ってる穴場の一つだ。

ベンチでようやく人心地《ひとごこち》ついていると、紅羽《くう》は併設《へいせつ》の自販機《じはんき》にお金を入れ、指差す。

「お礼に奢《おご》ろう。好きなのを選ぶといい」

「お。じゃあ、遠慮《えんりよ》なく」

俺は缶《かん》のブラックコーヒーを選んで、早速《さつそく》ごくごくと飲みすすめる。

渇《かわ》いた喉《のど》と疲《つか》れた心身に、カフェインが染《し》みた。

「ああ……うまい……」

「………コーヒー、飲むのか？　夜光《やこう》」

紅羽《くう》が目を丸くしている。珍しいな。

「飲むけど、何かおかしいか？」

「だって、確か夜光《やこう》はコーヒーが飲めなかっただろう？　しかもブラックなんて」

ああ……。そういえば中学の頃《ころ》はそうだっけ。

こんなくそ苦くてまずいもの、誰《だれ》が飲むんだと本気で思っていたもんなあ。

「なんか慣らして飲んでるうちに、苦みがクセになってしまってな。大人っぽいだろ！」

「………ふぅん」

紅羽《くう》が興味なさげに俺のドヤりを流す。

そして次の瞬間《しゅんかん》には缶《かん》コーヒーをばっと奪《うば》い、飲み始めた。

「あっ、おい⁉」

止めても全く聞かない。

紅羽《くう》はほとんど飲み干してしまって、俺に缶《かん》を突《つ》き返《かえ》してきた。

俺に見せつけるように人差し指で唇《くちびる》をなぞり、ちろっと舌を出す。

「フフフ、ごちそうさま。……私には、甘かったぞ？」

俺がかあっと顔を赤くすると、更《さら》に上機嫌《じょうきげん》そうに紅羽《くう》は笑った。

「フフ。相変わらず可愛《かわい》いな。間接どころか直接シたことだってあるのに」

「っ……、そ、それは、昔の話だろ！」

握《にぎ》りしめた缶《かん》がべこんとへこんだ。

ずっと翻弄《ほんろう》されてる場合じゃない。いい加減言うべきことは言わないと。

「なんで今日……教室であんなことしたんだ？」

「その方が都合がいいし、何より一応事実だろう？」

くすりと紅羽《くう》は微笑《ほほえ》む。

「私たちは、付き合っていたんじゃなかったのか？」

「だからそれは、昔の話だろ⁉」

俺は笑えなかった。

紅羽《くう》はいつも俺の前で余裕《よゆう》だけど、俺はいつだって紅羽《くう》の前では余裕《よゆう》がないんだ。

「……別れた、じゃないか……俺たちは」

「…………そうなのかな」

空になった缶《かん》を、紅羽《くう》が弾《はじ》く。

「私は一度も、別れてくれなんて言った記憶《きおく》はないけどな……」

「──っ、言わなかったの間違《まちが》いだろ⁉」

噴火するように叫《さけ》んでいた。

怒《いか》りなのか悲しみなのか分からない。黒い感情が濁流《だくりゅう》となって腹の底から湧《わ》き出《で》てくる。

――なんで今更《いまさら》そんなことを言う!?

――自分がどんな酷《ひど》いことをしたのか分かってるのか!?

――どうしてお前は、あの日――！

「紅羽《くう》っ――――！」

ずっと心に溜《た》め込《こ》んできた、ヘドロのように汚《きたな》い俺の感情。

しかしそれはただの一滴《いってき》も、紅羽《くう》に浴びせることはできなかった。

紅羽《くう》が、キスで口を塞《ふさ》いできたからだ。

頭が真っ白になってしまう。

色っぽい紅羽《くう》の表情。委ねるように閉じられた二重《ふたえ》瞼《まぶた》。

続けていいよの言葉代わりに聞こえる、彼女の鼻息――。

濁流《だくりゅう》のように湧《わ》き上《あ》がってきていたはずの言葉は、ただ一度のキスで簡単に打ち消された。

「言えないんだ。夜光《やこう》。……ごめん」

なおも微笑《ほほえ》みを絶やさない紅羽《くう》に、俺は泣《な》き叫《さけ》びたくなった。

――こいつは、なんて悪い女なんだろう。

全部、分かった上でやってるんだ。

こうすれば夜光《やこう》は何も言えまい、それぐらいまだ私が好きだろう？　って決めつけてて。そして実際その通りで、俺の心は紅羽《くう》の手のひらの上なんだ。

「学校では、夜光《やこう》は私の騎士《きし》様。今後もそれで頼《たの》めないか？」

「……騎士《きし》……」

反芻《はんすう》すると、ぴくりと紅羽《くう》の眉《まゆ》が動いた。

「何か、不都合が？」

「……それ、は………」

あるに決まってるでしょ？　と言うみたいにポケットでスマホが震《ふる》えた。

――着信：ベルカ・アルベルティーネ

「ごめんなさいぃぃ――――――っ⁉」

「……夜光《やこう》？」

「すっ、すまん！　この話、後日改めさせてくれッ！」

紅羽《くう》を放り出し、俺は全速力で駆《か》け出した。

「も、もしもし？　麗《うるわ》しの我《わ》が魔女《まじょ》？」

『至急の用事があるから、今すぐ家に来て』

電話はぶつりと、一瞬《いっしゅん》で切れた。

☾

やあベル。本日の報告かい？

——今君と懇《ねんご》ろな関係なのに、元カノとキスして喜んでたよ。

——あと学校ではまた付き合ってることにしようって言われて乗っちゃったぜ。

こんなところかな！　ＨＡＨＡＨＡ！

……なんて言える訳ないだろ。脂汗《あぶらあせ》が止まらん！

「ふ、不可抗力《ふかこうりょく》……これは不可抗力《ふかこうりょく》なんだ……っ」

あれは紅羽《くう》の男《おとこ》避《よ》けとして一番効率的な手だっただけだし、キスだって不意打ちで紅羽《くう》からだし、何より俺とベルは魔女《まじょ》と騎士《きし》の関係であって、明確に男女の仲って訳じゃない。

だから俺は悪くないし、誰《だれ》とキスしようが自由なんだ——。

なんて開き直れるほど、俺は厚顔無恥《こうがんむち》でもない！

く、苦しい。俺は一体、どうしたら……!?

「——さっきから、何悶《もだ》えてるの。夜光《やこう》さま」

ベルんちのリビングのソファで頭を抱《かか》えていると、部屋からベルが戻《もど》ってきた。

本部帰りということもあり、魔女装束《まじょしょうぞく》を着たままだ。

「なっ、何でもない！　ちょっと今日、胃が痛くて……」

「そう。そんな中、急に呼んでごめんね？」

ベルが微笑《ほほえ》んで、隣《となり》に座ってくる。

俺はごくりと唾《つば》を飲みこんだ。

「そ、それで……至急の、用事って？」

――まだバレたって決まった訳じゃない。

ここは余計なことを言わないように気を付けて、まずは間合いを測るんだ……！

「ん。それ実は嘘《うそ》。ほんとは夜光《やこう》さまに会いたくなっただけ」

「な、何……嘘《うそ》だと？」

「――悪かった？」

すうっとベルの目が細まる。

「……そうだよね。ごめんね。嘘《うそ》つきは、泥棒《どろぼう》のはじまりだもんね？」

「そ、そう……ダネ……」

「気を付けるね。あ、そうだ。夜光《やこう》さまに報告してもらわないと」

ぴとっ、とベルの肩《かた》が、俺の肩《かた》に寄せられる。

体温を感じるはずなのに、なぜだか冷たいのは気のせいか……？

「わたくしがいない間に、何か異変はなかった？」

来た。ここを間違《まち》えると死ぬ！

最善手は、まずは一部の事実だけでも認めてしまうことだ。

――六条《ろくじょう》・リーズレット・紅羽《くう》という旧知の女が転校してきて、昔話に花を咲《さ》かせたよ。

これでいこう。

とにかく完全否定が一番ボロが出る。それだけは絶対に避《さ》けるんだ……！

「と……特別報告することは、なかったかな？」

――うおお俺の馬鹿ぁっ⁉　なのになぜ墓穴《ぼけつ》を掘《ほ》るっ⁉

「……そう。本当に？」

「あ、ああ。〈姫呼鐘《ヒロインコール》〉は鳴らなかった。騎士《きし》として報告することは何もないぞ！」

嘘《うそ》は言っていない。紅羽《くう》は〈姫《ヒロイン》〉じゃない。

ただの元カノだ。だからこそこんなに胸が苦しい。

「……そう」

ベルは静かに微笑《ほほえ》んだ。

「ありがとう。報告してくれて。夜光《やこう》さま、だいすき」

「……っ、いや、別にこんなの報告でも何でも……」

「お礼に、帰りにお土産《みやげ》を買ってきた。夜光《やこう》さまの大好きな、あまいやつ」

ベルがキッチンの方を指差す。

「冷蔵庫に入れてるから持って来て。わたくしは着替《きが》えてくる」

「あ、ああ。分かった」

二人でソファを立ち、俺は暗いキッチンで隠《かく》れてため息をつく。

——良かった。……なんとか乗り切れたか。

心からの安堵《あんど》と共に、冷蔵庫の扉《とびら》を開ける。

放課後飲んだ缶《かん》コーヒーがぎっしり詰《つ》まっていた。

「ひっ————————!?」

背筋が凍《こお》った。

いや……比喩《ひゆ》表現《ひょうげん》じゃなくて本当に、俺の身体《からだ》が足からぱきぱきと氷に包まれていく。

動くのは、がたがた震《ふる》える首から上のみで、

「——気に入った？」

振《ふ》り向《む》くと、とんがり帽子《ぼうし》を深く被《かぶ》ったベルがいた。

「ずっと好きだった、味だもんね？」

「………こっ、ころさないで………」

「そんなことしない」

光の消えた瞳《ひとみ》で俺を見て、ベルは微笑《ほほえ》んだ。

「そんな優《やさ》しいこと、しない」

「あっ、ちょっ、指一本ずつ砕《くだ》くのは⁉　止《や》めてくださいそれはっ、あぁあ――――っ⁉」

☾

死ぬような目に遭《あ》った。

だけど死ぬような目に遭《あ》わせてくれるだけ、ベルは優《やさ》しいんだと思う。

床《ゆか》に正座する俺を、ベルはソファで足組みしながら見下した。

「なんで、バレてないと思ったの」

「申し開きのしようもありません……。今日のことは、全て俺が……」

「別に、今日のことだけじゃない」

ベルが深いため息をついた。

「夜光《やこう》さまが、ずっと元カノ引きずってたことぐらい、とっくに知ってる」

「な……⁉」

「……今まで隠《かく》せてたつもりだったの？　逆にびっくり」

絶対零度《ぜったいれいど》の視線に、俺は縮こまる。

「一体、いつから……？」

「初日」

「初日っ⁉」

ベルがぱちんと指を鳴らすと、ウインドウが大量に生成される。

その全てに、俺や元清船中《きよふねちゅう》のクラスメイトのSNSアカウントが表示されていた。

「奥義《おうぎ》、ネトスト」

「……そうだった。何て恐《おそ》ろしい特技……ッ」

「好きな殿方《とのがた》の全てを調《しら》べ尽《つ》くすのは、当然のこと」

にっちゃり、とベルが嗤《わら》う。

相変わらず湿度《しつど》が高すぎる。……でも、そうか。見ちゃったのか。

「見たら傷つくと思ったから、下手なりに隠《かく》してたんだ……。過去が消えるわけじゃないし」

「ん……」

「……嫌《いや》な気分になっただろ？」

こくり、とベルは頷《うなず》いた。

「それでも全部知りたいし、隠《かく》さずわたくしに話してほしい」

「……ベル」

「じゃないと夜光《やこう》さまの問題、解決できない」

ベルが俺の両肩《りょうかた》に手を置き、紅羽《くう》とは違《ちが》う蒼《あお》の瞳《ひとみ》で俺を見つめた。

「――わたくしを一番に想《おも》ってもらうことが、いつまでもできない。それは絶対、嫌《いや》」

俺はぐっと唇《くちびる》を噛《か》む。

そのまま目を瞑《つぶ》り、少しの間黙《だま》って、

「……どこまで知っているんだ？」

「中学三年生のとき、夜光《やこう》さまがあの女と付き合っていたのは知ってる。でも冬のある時点から、全く行方《ゆくえ》が追えなくなった。あの女は〈姫《ヒロイン》〉でもないから、本部に照会かけても何の情報も出てこなかった。……正直、ほとんど何も分かってない」

そうか、と俺は悄然《しょうぜん》と笑った。

「俺も同じようなものだ。紅《く》羽《う》の行方《ゆくえ》は知らなかったし、あいつ自身の過去もよく知らない」

「え……？」

「秘密主義なんだ。自分のことを語りたがらない」

「でも、付き合ってたんだよね？」

「……そう思いたい。ちゃんと告白もしたし、ＯＫも貰《もら》ったし、何度もデートだってしてしたし、……その、そういう行為《こうい》も、しようとした」

今なお後遺症《こういしょう》の残る胸を、俺は押さえる。

「今でも、何がまずかったのか分からない。向こうから家に誘《さそ》われて、そういう空気になって……。俺は傷つけないか、失敗しないかが心配でがっつくどころじゃなかった。怖《こわ》がらせるようなことはしなかった、と思う。……実際、キスまでは受け入れられたんだ。でも、それより先。もっと深くまで進もうとしたところで――」

『――止《や》めて、夜光《やこう》！　近づかないで……っ！！』


「……紅羽《くう》は、俺を突《つ》き飛《と》ばして拒絶《きょぜつ》したんだ」

その瞬間《しゅんかん》から、俺にとって女心は解読不可能の呪物《じゅぶつ》と化した。

「そして、その翌日――クリスマス当日に、紅羽《くう》は俺の前から忽然《こつぜん》と姿を消したんだ」

「姿を消した？」

「そうだ。連絡先《れんらくさき》は軒並《のきな》み不通。家はもぬけの空になっていて、転居先を知る者は誰《だれ》もいない。

……間抜《まぬ》けなことに、俺は恋人《こいびと》の転校を、学校の先生から聞かされて初めて知ったんだ」

あの雪の日の空虚《くうきょ》さを、今でも覚えている。

悲しすぎて、悲しいと感じることすらできなかった。

心の中のものをごっそりと持《も》ち逃《に》げされて、残ったのは答え合わせのできない問題一つ。

「女心というものが、分からなくなった。……それ以来、恋愛《れんあい》にコンプレックスがある」

「……ん」

「男としても否定され、自分の唯一《ゆいいつ》の長所も、恋愛《れんあい》じゃ何の役にも立たなくて、そこから色々拗《こじ》らせて……。でも、このままじゃいけないと思った。何かを変えなくちゃ、ずっと前に進めない。だから童貞《どうてい》でも捨てたら何かが吹《ふ》っ切《き》れるんじゃないかって、そう思っていたら……」

「わたくしが現れた？」

俺は力なく頷《うなず》いた。

だから俺は被害者《ひがいしゃ》なんだと、そんな恥知《はじし》らずなことを言うつもりはない。

紅羽《くう》がやったことの是非《ぜひ》を問わずとも、この話をややこしくしている問題は一つなのだ。

「そんなく酷《ひど》いことをされたのに、夜光《やこう》さまはまだ、その女のことが好きなの？」

「…………ああ…………」

「肝心《かんじん》なことはぐらかされて、そんなのにキスされて、……なのに、喜んでるの？」

「……っ」

ベルはソファから降り、俺の肩《かた》をがっと掴《つか》む。

「夜光《やこう》さま、舐《な》められてる。そんなタチの悪い女とは今すぐ縁《えん》を切るべき」

「……だけど、本当に何か言えない事情があったのかもしれないし……」

「ない、そんなのっ！　頭冷やして！」

ベルが泣きそうな顔で俺の肩《かた》を揺《ゆ》らした。

「最低限の連絡《れんらく》ぐらい絶対できる。それが今までなかったってことは、夜光《やこう》さまは――！」

「――そんなの分かってるんだよっ！」

声を荒《あら》らげると、ベルがびくりと震《ふる》えた。

最悪の方向に進んでる。だけど俺は止まれない。

「……全部、分かってるよ。そこまで馬鹿でもないんだよ。それでも、俺は……っ」

——ああ。……終わった。

ここまで二人で築いてきた信頼関係《しんらいかんけい》を、たった今、俺は台無しにしてしまった。

こんな鬱陶《うっとう》しい一面を見てしまったら、きっと千年の恋《こい》だって醒《さ》めるだろう。

「もうおしまいだっ……！　俺たちは、今日限りで解散だっ」

俺は右手の薬指から、契約《けいやく》の証《あかし》である指輪を外そうとする。

「……っ!?　ま、待って、夜光《やこう》さまっ！　落ち着いて！」

本気の力を込《こ》めて引《ひ》き抜《ぬ》こうとするが——外れてくれない。物理的に無理なんだろう。

ならばと、俺は土下座して懇願《こんがん》した。

「今度こそ次の騎士《きし》を探してくれ！　俺は本当に、こんな情けない男なんだ——っ！」

☾

そのあとも揉《も》めに揉《も》めて、帰宅後は泥《どろ》のように眠《ねむ》った。

自覚がないうちにひどく疲《つか》れていたらしい。夕食前に軽く寝《ね》るぐらいのつもりが、目覚めると日付が変わっていた。

　ぼうっとした頭で、スマホを確認《かくにん》する。

不在着信：六条《ろくじょう》・リーズレット・紅羽《くう》
[紅羽《くう》]：気付いたら折り返してください
[紅羽《くう》]：二時までは起きています

「……紅羽《くう》から、連絡《れんらく》か」

　一時期はどんなにかけても繋《つな》がらなかったのに、今は向こうから来るなんて皮肉だ。

　しかも……こんな気持ちが揺《ゆ》れてるところを狙《ねら》い澄《す》ましやがって……。

　俺は誘惑《ゆうわく》に抗《あらが》えず、通話ボタンをタップする。

　三コールもしないうちに繋《つな》がった。

『――もしもし。……フフフ。こんばんは、夜光《やこう》』

「……ああ。こんばんは」

『ん……どうした？　声に元気がないようだが？』

　誰《だれ》のせいだと思ってるんだお前、はっ倒《たお》すぞ。

　……って言うべきなのにな。切られたくなくて何も言えん。どこまでダサいんだ俺は？

「寝起《ねお》きなんだ。気にしないでくれ」

『む、そうなのか。ちなみに私は今お風呂《ふろ》だぞ』

ちゃぷ、という水音が聞こえた。

「な、何の報告だそれは」

『フフ。嬉《うれ》しいかなあと思って』

「ふん。実際に見えなきゃ何の意味もない」

『そう言うと思って、今ビデオ通話にしたぞ』

「その手には乗らない。どうせ引っかかった、とかやるつもりなんだろ」

そんなこと言っててちゃっかり画面を確認《かくにん》する。

タオルを頭に巻いてガチ入浴中の紅羽《くう》が映ってた。

「うわぁあああ――――――――っ!?」

『フフフ。やっぱり引っかかったな？　このスケベ』

「ひっ、引っかかったとかいう問題じゃないだろこれ!?」

『安心しろ。この入浴剤《にゆうよくざい》の透過率《とうかりつ》では何も見えない』

「…………でも透《す》けてるけど？」

『ほう、どこが？　部位の名称《めいしよう》をはっきりと聞かせてくれるかな？』

「ぐっ……」

ダメだ。紅羽《くう》にこんな引《ひ》っ掛《か》けが通じるわけない。

しかもこいつ、俺がストレートな下ネタ言えないの完璧《かんぺき》に分かってやがる。

「……もういいや。それで、何の用事だったんだ？」

『フフ。声が聞きたかっただけだが？』

「そういう思ってもないことはいいよ。正直、冗談《じょうだん》に付き合える気分じゃないんだ」

画面越しに真《ま》っ直《す》ぐ紅羽《くう》を見て言うと、急に画面が消えた。

『……別に、……じゃ……い……のに……』

「ん？　音声乱れてるぞ」

『…………ベルカ・アルベルティーネというのは、誰《だれ》なんだ？』

俺ははっと息を呑《の》む。

「携帯《けいたい》を見たのか？」

『見えたんだ。あの電話の主は、誰《だれ》なんだ？』

張《は》り詰《つ》めたような声の調子に、俺は目を丸くする。

――あれ……何か怒《おこ》ってる？　いや、俺の気のせいなのか？

「別に……お前に言うほどでは」

『それを決めるのは私だと思わないか？』

ばしゃっ！　と水音が電話口で強く跳《は》ねる。静かな衝撃《しょうげき》が俺を打ちのめした。

──気のせいじゃない。紅羽《くう》が動揺《どうよう》してる。それにこれは、
『……女か？』
もしかして……妬《や》いてる、のか？
紅羽《くう》はまだ……俺のことを、本当は好きでいてくれてるのか？
『どうなんだ夜光《やこう》。答えてくれ』
「……それ、答えなきゃいけないのか？」
『当たり前だろう』
ざばあっ、と浴槽《よくそう》から立ち上がる音がした。
『だって、私たちは……』
「……私たちは？」
『…………………』
また浴槽《よくそう》に沈《しず》む音がする。その波が、俺の心にも波紋《はもん》を立てた。
右手《みぎて》の甲《こう》を、顔の前に掲《かか》げてみる。
契約《けいやく》の証《あかし》である指輪は、あんな醜態《しゅうたい》をさらした後でもなお、俺の薬指で輝《かがや》いている。
『──絶っっっ対！　やだ！　死んでもそんな女に夜光《やこう》さまは渡《わた》さないからっ！』
「…………なあ、紅羽《くう》。明日は休みだし、今からでも出てこられないか？」
『え？』

「腹を割って話すよ。お前と別れてから身の周りに起きたこと、全部」

ただし、と俺は畳《たた》みかける。

「お前が先に話せ。急にいなくなった訳も、連絡《れんらく》取れなかった理由も、ぼかさず全部だ」

『……だから、それは言っているだろう？　言えないんだ』

「だったら俺が話すことは何もない」

指輪がついている方の手で、強くスマホを握《にぎ》りしめた。

「そっちが言うまでは二度と口を利《き》かない。この連絡先《れんらくさき》もブロックさせてもらう」

なーんて嘘《うそ》だよ、と茶化して逃《に》げたくなる。

でも歯を食いしばって堪《た》えた。これ以上情けない男にはなりたくない。

俺を見捨てないベルまでも、下らない女になってしまうみたいだから。

『…………分かった。話そう』

「社公園《やしろこうえん》でいいか？」

『ああ。一時間後で頼《たの》む。支度《したく》をする』

分かったと答えて、すぐに電話を切った。俺も身支度《みじたく》を開始する。

せめて、どっちつかずの曖昧《あいまい》はやめよう。

今から白黒をつけにいく。

☽

電話のあと、俺はすぐに待ち合わせの公園に向かった。

社公園《やしろこうえん》は、紅羽《くう》の家近くにあるかなり大きめの公園だ。普段《ふだん》なら外周をランニングしている人がいたり、芝生《しばふ》で子どもたちが遊んでいたりするけれど、深夜の今は誰《だれ》もいない。

仄暗《ほのぐら》い街灯が照らすベンチに、俺は腰掛《こしか》けた。

「……懐《なつ》かしいな。ここ」

少しでも紅羽《くう》と話していたくて、自宅とは逆のあいつの家まで帰りは毎日送ってた。で、決まってここに寄り道して、一緒《いっしょ》にこのベンチでだべって……、

「……ここで、告白したんだよな」

苦笑《くしょう》が溢《こぼ》れる。

一言一句暗記してきたのに、緊張《きんちょう》で台詞《せりふ》が全部トンでしまって。今日は止《や》めとこうって逃《に》げようとしたら、紅羽《くう》に「ちゃんと言え」って怒《おこ》られたんだよな。

それで何とか言えたんだけど、終わったら終わったで「言うのが遅《おそ》すぎる」「もっとしっかりしろ」ってボコボコに説教されて……。

ヘコんで俯《うつむ》いていたら、紅羽《くう》は俺の顎《あご》をくいっとあげて、

『──フフ。これで、お前は私のものだ』

ファーストキスでＯＫをくれた。

あいつはいつもカッコよかった。

この女に相応《ふさわ》しい、カッコいい人間になるんだって初めて思えた。

それが空木夜光《うつぎやこう》という人間を変えてくれた、素敵《すてき》な初恋《はつこい》だったんだ──。


「夜光《やこう》」


待ちわびた声が聞こえて、ベンチに沈《しず》んでいた俺は顔を上げた。

点滅《てんめつ》する街灯に蛾《が》がたかっている。闇《やみ》の中から浮《う》かび上《あ》がるように、紅羽《くう》は俯《うつむ》いて現れた。

「……待たせた、な」

垂らした前髪《まえがみ》が陰《かげ》になっていて、表情は見えない。

声音《こわね》は葬式《そうしき》のようにしめやかで──、

「──やあ、空木夜光《うつぎやこう》くん。初めまして。お噂《うわさ》はかねがねクーから聞いてるよ？」

紅羽《くう》は一人じゃなかった。

隣《となり》に男を侍《はべ》らせていた。

細身で、身長が高い。目鼻立ちもくっきりしていて、アルトの声音《こわね》と相まり中性的な印象を受ける。ハットに春物のコートを纏《まと》った姿は、モデルみたいに綺麗《きれい》で。

紅羽《くう》と並び立つと、俺とは違《ちが》って圧倒的《あっとうてき》に絵になっていた。

「く、紅羽《くう》。この人は……？」

「……篠宮《しのみや》・ヴィルヘイズ・空《そら》」

紅羽《くう》が初めて、俯《うつむ》いていた顔を上げる。

微笑《ほほえ》んでいた。

とうとう最初から最後まで、俺は紅羽《くう》の心が分からなかった。

「——私の、婚約者《こんやくしゃ》だ」

☽

ダンプカーに轢《ひ》かれたみたいな失恋《しつれん》だった。

紅羽《くう》は「貿易関係の両親の仕事の都合で」とか「突然《とつぜん》のことで連絡《れんらく》が」とか「この婚約《こんやく》は家同士で決まったことで」とか色々言ってた気がするが、あまり頭に入ってこなかった。

結局どんな理由があったところで、紅羽《くう》が新しい恋人《こいびと》を作っていた事実は揺《ゆ》らがないし、

「——あははっ、キミがクーのEx《エクス》かあ。毎晩枕元《まくらもと》で聞いてるよ？」

「──……空《そら》。止《や》めないか」

その匂《にお》わせは、童貞《どうてい》の俺にとってあまりにも致命傷《ちめいしょう》だった。

これ以上は人の形を留《とど》めて話せそうにないと判断し、

「──すまない……。俺の話はまた後日、改めさせてくれ……」

俺は惨《みじ》めにも自室に敗走してきたのだった。

真っ暗な部屋で、背中からばたりとベッドに倒《たお》れ込《こ》む。

積み本の山が崩《くず》れて顔面に落ちてきた。

だけど痛みを感じないし、どかす元気も残ってない。悲しいはずなのに涙《なみだ》も出てこず、代わりに謎《なぞ》の笑いがこみ上げてきた。

俺壊《おれこわ》れちゃった。でも懐《なつ》かしいな、この感覚。

「これこれ……。やっぱ紅羽《くう》に振《ふ》られた後はこれだよな……」

「どれだけドMなの。さすがのわたくしでもちょっと引く」

「……………毎回毎回、どうやってワープしたり俺の行動知ってたりする？」

「契約指輪《エンゲージリング》。それついてると跳《と》べるし、視界共有もいつでもできる」

なるほど……。じゃあこいつが俺の首輪代わりだったのか。

ようやく明かされた真実に納得《なっとく》して、顔に被《かぶ》さってた本をどかす。

隣《となり》で寝転《ねころ》ぶベルの顔が間近にあった。

「…………何しに来たんだ？」

「元カノに靡《なび》いたけどフラれた人をざまあしに来た」

「性格良すぎるだろ」

「失踪中《しっそうちゅう》に他の男作ってて、しかも開き直って連れてくるカス女、やばすぎると思う」

「よせ。事実の羅列《られつ》はやめるんだ」

「寝取《ねと》られちゃったね。夜光《やこう》さまは拒《こば》んだのに、婚約者《こんやくしゃ》とは毎晩えっちしてるよ？」

「やめてくれって！！！　死んじゃうよ俺!?」

かんかんかんかん、と脳内でノックアウトの音が鳴《な》り響《ひび》く。

溜飲《りゅういん》を下げたベルは薄《うす》く微笑《ほほえ》み、くたばってる俺に馬乗りになった。

「……かわいそ」

俺の両手首を押さえつけて、

「──なぐさめてあげる」

キスを落としてきた。

全身がかーっと熱くなり、蒼《あお》いオーラのような光が淡《あわ》く身体《からだ》から立ち上る。

この感覚は確か……愛を注ぐ、光の魔法《まほう》？

「……ぷは。すごいね。こんなに沢山《たくさん》入れたのに、全然効かない……」

ベルが俺の上着をはだけて、心臓の辺りに触《ふ》れる。

「……つらかったね。今、忘れさせてあげる……」

「……っ、や、止《や》めろって！」

なおもキスしようとしてくるベルの肩《かた》を、掴《つか》んで押し返す。

「お、お前、自分が何してるか分かってるのか⁉」

「とっても都合のいい女……」

「分かってるんなら止《や》めろ！　こんなの自業自得《じごうじとく》なんだから！」

自分の好意を袖《そで》にして、忠告も全部無視して、勝手に痛い目に遭《あ》った男を慰《なぐさ》める？

まっっったく理解できない！

「縁切《えんき》れ、こんなくそみたいな男！」

「……じゃあわたくしが同じこと言ったとき、夜光《やこう》さまは聞いてくれたの？」

特大のブーメランがぶっ刺《さ》さってしまい、俺は口が利《き》けなくなる。

そんな俺の隙《すき》を突《つ》いて、ベルはまた魔法《まほう》のキスを入れてきた。

身体《からだ》がかーっと熱くなる。愛が届いている、という感覚が物理的に分かるけれど、いつかのような全能感が心に満ちてくることはなかった。

それは俺だけでなく、ベルの心も深く傷ついてしまっているからに違《ちが》いない。

「……むかつく。夜光《やこう》さま、きらい」

「……うん」

「でも、それより、ずっと大好き。……最悪」

泣きたくなるほど気持ちが分かった。

背中に手を回して、おでことおでこを合わせる。

「なんで、こんなにままならないかな……」

「それ、夜光《やこう》さまが言うの？」

「……ほんとにな」

苦笑《くしよう》の視線が、ぬるく絡《から》む。……そのままの流れで。

俺たちは互《たが》いにつけた傷を舐《な》め合《あ》うように、一晩中キスをした。


——そして、長い夜が明けて。

俺たちは二人並んで、部屋のベランダで夜明けを迎《むか》えていた。

新しい朝に染まっていく街を眺《なが》めて、カップに入れたコーヒーを一緒《いつしよ》に啜《すす》る。

ふーっと吐《は》く息がぴったり合うと、ベルが俺の方を振《ふ》り向《む》いた。

「改めて、聞いていい？」

「ああ。もうなんでも話す」

「じゃあ。……夜光《やこう》さまは、このままでいいと思ってる？」

「そんなわけない。ずーっとどうにかしたいと思ってるよ」

結局俺が抱《かか》える問題の根本って、童貞云々《どうていうんぬん》とか恋愛《れんあい》に自信が持てないとかじゃない。紅羽《くう》への未練が、未《いま》だに吹《ふ》っ切《き》れないことが全てなんだ。

「……でも今度こそ本当の本当にフラれたんだし、いつかは時間が解決を……」

「甘い。ちゃんと考えて」

むっ、とベルが頬《ほお》を膨《ふく》らませる。

「〈姫《ヒロイン》〉が同じように悩《なや》んでても、そんな曖昧《あいまい》なこと言う？」

「い、言わない。ちゃんと解決できる答えを一緒《いっしょ》に探すよ」

ほらね、とベルが嬉《うれ》しそうに肩《かた》を寄せてくる。

「問題は、ちゃんと正面から解決する。それが夜光《やこう》さまのやり方のはず」

「……ベル」

「わたくしに考えがある。確かに今すぐ綺麗《きれい》さっぱり解決っていうのは無理だけど、踏《ふ》ん切《ぎ》りをつけることはできるはず」

ベルがにやりと笑う。

まるでお伽噺《とぎばなし》で見るような、本当に悪そうな魔女《まじょ》の顔だった。

「――復讐《ふくしゅう》しちゃお？　……あの女、一回ぎゃふんと言わせてやる」

☽

兵は神速を尊《たっと》ぶ——。

かの三国志で語られている言葉だが、ベルの企《たくら》みもそれに倣《なら》う。

当日の昼頃《ひるごろ》には、俺は指示通りに紅羽《くう》を宵街中央駅前《よいまちちゅうおうえきまえ》に呼び出していた。

「——夜光《やこう》。……おはよう」

「おお、紅羽《くう》。おはよう……という時間でもないが」

休日の駅前は、やはりいつものように人でごった返している。しかしそんな中でも一際《ひときわ》目立つぐらい、紅羽《くう》の美しさは飛《と》び抜《ぬ》けていた。

相変わらずオーラからして違《ちが》うよな……。ちょっと後光差してない？

「今日、めちゃくちゃお洒落《しゃれ》だなあ。綺麗《きれい》すぎてびっくりしたぞ」

「————————」

紅羽《くう》が故障したみたいに、急に固まった。

「ど、どうした？　俺なんか変なこと言ったか？」

「いや………。急に夜光《やこう》が、綺麗《きれい》とか言うものだから」

少し困ったように、紅羽《くう》が微笑《ほほえ》む。

「昔はそんなこと、一度も言われた記憶《きおく》がないが？」

「む、昔は昔だろ。許してくれよ」

実際紅羽《くう》の言う通りで、俺は未《いま》だに女の子に可愛《かわい》いとか綺麗《きれい》とか、素面《しらふ》じゃ言えない。

「――綺麗《きれい》だぞ、紅羽《くう》」

でも今日の俺はするっと言えちゃう。

一晩中、心に光の魔力《まりょく》を授《さず》けてもらったからだ。

「……ありがとう。だけどそういう夜光《やこう》は、その……ひどく、普通《ふつう》じゃないか？」

「普通《ふつう》って服装のことか？　それとも心身？」

「両方だ。昨夜、具合を悪くしていただろう？」

心配してくれてありがとう。刺《さ》したのはお前です。

まあ寝取《ねと》られ発表された翌日に、普通《ふつう》に誘《さそ》う俺も中々イカれてるが……。

「体調なら心配ない。もう、すっかり平気だ」

今の俺は心に麻酔《ますい》を打ってる無敵の人なので、気まずさなんて感じない。さすがに傷が深すぎてイケイケモードにはなれないが、今日一日を乗り切るには十分だ。

「あと服装は、ベルにそのままでいいと頼《たの》まれて」

「……ベル？」

紅羽《くう》の眉間《みけん》に皺《しわ》が寄る。何で……って、ああ、そうか。

「今日紹介《しょうかい》するベルカ・アルベルティーネだよ。普段《ふだん》そう呼んでるんだ」

「……ふぅん。別に呼ばなくても、私たちが話し合えば済む話じゃないのか？」

「そ、そうなんだが、紅羽《くう》も勝手に婚約者《こんやくしゃ》連れてきただろ？　ベルがどうしても紅羽《くう》に直接会いたいって聞かなくて」

「……フフ。まあいい。それで、件《くだん》のベルカ嬢《じょう》は一緒《いっしょ》じゃないのか？」

「ああ。それが今朝、先に行っててくれと言われて」

何でかは分からん。

というのも俺は今日、ベルが何をするつもりなのか、全く知らされていないのだ。

あいつは一体、何を企《たくら》んでいるんだろう――？


「――夜光《やこう》さん夜光《やこう》さん夜光《やこう》さぁ――――んっ！」


「は……っ⁉」

――この声。なぜっ⁉

俊敏《しゅんびん》に駆《か》け寄《よ》ってくる足音に振《ふ》り返《かえ》ると、

「お久しぶりです夜光《やこう》さぁ――――――んっ！」

「うぉおおおっ⁉」

ドーベルマンみたいに飛びついてきた夏澄《かすみ》を受け止めきれず、俺は地面に押し倒された。

馬乗りになったまま、夏澄《かすみ》は全然痛くなさそうに「いてて」と笑う。

「もー。ちゃんと受け止めてくださいよー。それでもあたしの愛《いと》しの恋女房《こいにょうぼう》ですかっ？」

「誤解を招く言い方をするな！　ただの一度切りの仲だろ!?」

「あー、そういうこと言っちゃいます？　せっかく緊急登板《きんきゅうとうばん》してきたのに、つれない態度は寂《さび》しいですっ！」

つれないも何も、俺は何でお前が来てるか分からないんだが……!?

「二人とも。仲が良《い》いのは結構だが、ここは天下の往来だぞ」

マウント状態のまま呆気《あっけ》にとられていると、紅羽《くう》が仲裁《ちゅうさい》に入ってきた。

夏澄《かすみ》の手を引いて立たせて、俺から引《ひ》き離《はな》す。

「君は……ベルカさん、ではなさそうだな」

夏澄《かすみ》はマウンドに上がる時みたいな笑顔《えがお》を見せて、左手で紅羽《くう》に握手《あくしゅ》を求めた。

「夜光《やこう》さんと、特別な仲の、藤川夏澄《ふじかわかすみ》といいます。よろしくお願いしますねっ、紅羽《くう》さん！」

「……フフ。これはこれは。よろしく」

がっし！　と二人が握手《あくしゅ》を交《か》わす。

えっ、何これは……。一体何が起きているんだ？

頭が追いつかない俺に、更《さら》なる追撃《ついげき》がやってくる。

「――わ、わたしもいるよ……夜光氏《やこう》……！」

――こ、この控《ひか》えめに裾《すそ》を引く感覚と、砂糖菓子《さとうがし》みたいな甘い声は⁉

「莉々《りり》っ？」

「うぇ、うぇへへ。……来ちゃった……」

振《ふ》り返《かえ》ると、俺の陰《かげ》に隠《かく》れるようにして莉々《りり》はいた。

「久しいね。最近構ってくれぬ夜光氏《やこう》……？」

「い、いやそれは忙しくて……って。何で莉々《りり》がここに⁉」

むっと膨《ふく》れたまま、莉々《りり》は答えない。そのまま紅羽《くう》の前へと踏《ふ》み出《だ》した。

「く、紅羽《くう》せんぱい………ですか？」

「……フフ。そうだが、君は？」

「星街《ほしまち》、莉々《りり》、です」

莉々《りり》が、とても健気《けなげ》なファイティングポーズを取った。

「や、夜光《やこう》氏とは……ひ、ひみつの仲……です……！」

「……夜光《やこう》？」

紅羽《くう》が凄《すさ》まじい圧の笑顔《えがお》で振《ふ》り向《む》いてきた。

「さっきから、これはどういうことなんだ？」

「そ、それが、俺にも何がなんだか⁉」

「――わたくしが集めたの。みんなで遊びたかったから」

満を持して、雑踏《ざっとう》から犯人が現れる。

夏澄《かすみ》も、莉々《りり》も、それから紅羽《くう》も。可愛《かわい》く着飾《きかざ》ったベルを見て、言葉を失っていた。

……ああ、そういえばそうだった。

毎日一緒《いっしょ》にいるから、すっかり麻痺《まひ》して忘れてたけれど。

あの夜、俺が異世界で契約《けいやく》したのは、この世にないほど可愛《かわい》い魔女《まじょ》だったっけ――。

「あなたが六条《ろくじょう》・リーズレット・紅羽《くう》？」

「そういう君は、ベルカ・アルベルティーネだな？」

二人が初めて言葉を交《か》わす。

なんてことないやり取りのはずなのに、達人同士の立ち合いみたいな緊迫感《きんぱくかん》が漂《ただよ》い――、

「君は、夜光《やこう》の何なんだ？」

紅羽《くう》が一撃《いちげき》で斬《き》り込《こ》む！

「わたくしは――」

ベルも一撃《いちげき》で斬《き》り返《かえ》す！

「――夜光《やこう》さまの、婚約者《こんやくしゃ》だよ？」

死んだのは俺だった。

☾

「本当に何がどうなってるんだ⁉」

ベルといい紅羽《くう》といい、こいつらは俺を振《ふ》り回《まわ》さないと死ぬのか⁉

目をぐるぐる回していると、車の後部座席で隣《となり》に座るベルが楽しそうに笑った。

「落ち着いて夜光《やこう》さま。今からちゃんと説明する」

「本当か⁉　とりあえず何で今リムジンなんか乗せられてるんだ⁉」

「二人きりで作戦を伝えたかったから。はいこれ、ウェルカムドリンク」

ぶどうジュース入りのワイングラスを渡《わた》された。どこのセレブだよ。

ちなみに残りの紅羽《くう》たち三人は、ベルがもう一台チャーターした別のリムジンで同じ目的地に移動中だ。

「まず、今回の設定から頭に入れてほしい。わたくしは外国のスゴい財閥《ざいばつ》、アルベルティーネ家の大事なひとり娘《むすめ》」

「いきなり飛ばしすぎだろ！」

「幼い頃《ころ》に家の都合で日本に来ていたことがあって、その頃《ころ》出会った夜光《やこう》さまと結婚《けっこん》の約束をした。契約指輪《エンゲージリング》はお祭りの縁日《えんにち》に誓《ちか》いの証《あかし》に取ってもらったもの。わたくしはその約束を心のよすがに家の厳しい教育や日本語の勉強を頑張《がんば》り続け、満を持してこの春、約束を果たすために夜光《やこう》さまのおうちに押しかけてきた……という設定。おーけー？」

「お……おーけー」

要は幼馴染《おさななじみ》の許嫁系《いいなずけけい》お嬢様《じょうさま》か。何か凄《すご》い古典的だな。

「それは分かったんだが、一体何でこんな設定を？」

「これが、あの女に一番ダメージが入ると思った」

ベルが喉《のど》を鳴らして悪く笑った。

「元恋人《こいびと》を吹《ふ》っ切《き》って婚約者《こんやくしゃ》作ってたのはお前だけじゃないって、見せつけちゃお？」

「……べ、ベル？」

「設定のインストが終わった所で、今回の天才的な作戦を発表する」

ベルは両腰《りょうごし》に手を当て、ふんすと鼻息荒《あら》く言う。

「名付けて『いらないと捨てた元彼氏《かれし》、現婚約者《こんやくしゃ》とは比較《ひかく》にならないぐらい素敵《すてき》になってて、沢山《たくさん》の天才美少女に好かれまくっている件～今更復縁《いまさらふくえん》したくてももう遅《おそ》い～』大作戦」

「…………えっ？」

「『いらないと捨てた元彼氏《かれし》、現婚約者《こんやくしゃ》とは比較《ひかく》にならないぐらい素敵《すてき》になってて、沢山《たくさん》の天才美少女に好かれまくっている件～今更復縁《いまさらふくえん》したくてももう遅《おそ》い～』大作戦」

二回も言わんでいい。過剰《かじょう》なぐらい伝わってるわ。

「よ、要は『逃《に》がした魚は大きかった』って紅《く》羽に悔《くや》しがらせるってことか？」

「そう。あと『夜光《やこう》さまはもうお前のことを特別だなんて思ってない』って、見せつけてやるの。だから夜光《やこう》さまも、今日一日は『もう引きずってない』って顔をして？」

それで言うと、ベルの魔法《まほう》のお陰《かげ》でもうできているとは思う。

もしかして、これを見越《みこ》してのことだったのか……？

「ふふふ……。こんなスゴい許嫁《いいなずけ》が出てきたら絶対悔《くや》しい。夜光《やこう》さまの服も昨夜と同じだし、既《すで》に結構効いてるはず」

「ん？　服が同じだと何が効くんだ？」

「あのあとわたくしとえっちしてそのまま来たように見えるでしょ」

エグすぎる。匂《にお》わせ返《がえ》しだったのかよ。

俺が見えてないだけで、戦いは既《すで》に始まっている……？

「ところで、一番気になる部分について聞きたいんだが」

「ん。夏澄《かすみ》と莉々《りり》のこと？」

俺は頷《うなず》いた。

「〈姫《ヒロイン》〉の記憶《きおく》は、確かに消したんだよな？　だったら……今の二人は」

——俺のこと、もう好きでも何でもないんじゃないのかな。

自信なさげにそう言おうとする俺を遮《さえぎ》り、ベルは首を振《ふ》った。

「確かに、救出中の記憶《きおく》はない。だけど愛はそのまま残ってる」

「あ、愛？　……好きって気持ち、ってこと？」

「そう。本来これは普通《ふつう》じゃ起こりえないことだけど、夜光《やこう》さまに限ってはあり得るの」

「なぜ俺だけ？」

「夜光《やこう》さまは〈姫《ヒロイン》〉を、本当の意味で救ってあげたから」

ベルはどこか複雑そうに、だけど嬉《うれ》しそうに笑った。

本来〈姫《ヒロイン》〉の救出は、恋《こい》をさせて抱《だ》きしめた時点で終わりになる。その際に発生した騎士《きし》への愛は、自分が抱《かか》える問題に対する負の感情と相殺《そうさい》しあって消えてしまうらしい。

解決はしてないけど、折り合いをつけて生きていけるようになる、ということだ。

だけど俺の場合は違《ちが》う。

——ちゃんと問題を解決したから、終わった後も騎士《きし》への愛が相殺《そうさい》されずに残る。

「じゃあ、今の二人は？」

「まだ出会ったばかりのはずなのに、夜光《やこう》さまが大好き。一目惚《ひとめぼ》れみたいな感じ」

「……とてもじゃないが、信じられん……」

「じゃなかったら、こんな知らない女に急に呼び出されて出てこない」

「あっ、それだよ。どうやってあの二人を呼び出したんだ？」

「簡単。夜光《やこう》さまとあの女の間に起きたこと、全部話した」

白目を剝《む》いて失神するかと思った。

「全部ぅっ⁉」

「そう。今回の作戦も全部話した。そしたら『演技』に協力するって言ってたよ？」

ベルが悪戯《いたずら》っぽく笑った。

「これからみんなは楽しい遊びという名目で、自分の武器を使ってあの女をボコボコにする」

「えぇ……なぜ……」

「それが夜光《やこう》さまへのアピールにもなって一石二鳥だから」

まあ……確かに好きなこととして輝《かがや》いてる女の子が、俺は一番好きだけど……。

「自分よりも凄《すご》い女たちに好かれてる夜光《やこう》さまを見て、あの女は心身共にずたぼろになるでしょ？　最後はわたくしが満を持して出てきて、トドメを刺《さ》す。夜光《やこう》さまはわたくしに惚《ほ》れ直《なお》す。ハッピーエンド。これが、わたくしの完璧《かんぺき》な計画」

小さな子どもが宝物を自慢《じまん》してくるみたいに、ベルはえへへんと笑う。

微笑《ほほえ》ましくて、俺も釣《つ》られて笑っていた。

「それは最高の計画だなあ」

——だけど机上《きじょう》の空論だ。

賭《か》けてもいいけど、この計画は必ず失敗する。

なぜなら、計画のコアとなる部分に致命的《ちめいてき》な見落としがあるからだ。

それに、ベルは六条《ろくじょう》・リーズレット・紅羽《くう》という女の恐《おそ》ろしさが分かってない。誰《だれ》がどんな武器を使おうとも、あの完璧《かんぺき》な女には傷一つつけられないのだ。

俺は誰《だれ》よりそれが分かってて、

「やろうか。その計画！」

二つ返事で答えていた。ベルの気持ちが嬉《うれ》しくて仕方なかったからだ。

「そうこなくちゃ。……じゃ、夜光《やこう》さま、これ」

俺はベルから、野球のミットとボールを渡《わた》された。

なるほど。こいつを出したということは、最初の刺客《しかく》は夏澄《かすみ》だな。

「ふふ……見てろ六条《ろくじょう》・リーズレット・紅羽《くう》。今にその腹立つフフフ笑い、二度とできないぐらいメタメタにしてやるっ!!」

「……じゃ、プレイボールといこうか」

きっと荒《あ》れるぞ、この試合。

☽

——かきん！

——かきぃん!!

——かっきぃ————————————————ん！！！

雲一つない青空に、白球が綺麗《きれい》な放物線を描《えが》いて飛んでいく。

こんな細い身体《からだ》でどうやったら硬球《こうきゆう》をピンポン球みたいにホームランできるのか全く分からないのだが、紅羽《くう》ならまあやるだろうなーと納得《なつとく》してしまう。

野球をやらせても、紅羽《くう》はやっぱり完璧《かんぺき》だった。

「見ろ夜光《やこう》。今のは多分150メートルぐらい飛んだんじゃないか？」

「お前もう日本でやることないだろ……。メジャー行けよ」

「フフフ、そう言うな。夜光《やこう》のいる日本が一番だよ」

……ど、動揺《どうよう》するなよ。これは紅羽《くう》お得意のささやき戦術。

今日は過剰反応《かじようはんのう》しないのが俺の仕事だ。「はいはい」と適当に流して、と。

「ベル、ちょっとタイムもらっていいか？　ピッチャーと話したい」

「……み、認める」

球審《きゅうしん》のマスクを被《かぶ》ったベルは青い顔をしている。そりゃまあホラーだろう。だって紅羽《くう》が簡単に打ちまくってるのは、なんとあの夏澄《かすみ》なんだし……。

「おーい、大丈夫《だいじょうぶ》か⁉」

俺はキャッチャーマスクを取って、マウンドまで駆《か》ける。

夏澄《かすみ》は彼方《かなた》に消えて行ったボールを目で追い、俺に背を向けながら話す。

「夜光《やこう》さぁーん……。紅羽《くう》さんって、野球やってたんですか？」

「いや、ほぼ未経験だと思うぞ。部活を荒《あ》らしてた時期に少しは触《さわ》っただろうが」

「ぶ、部活を荒《あ》らしてた？」

「昔転校してきたとき、『実際にやってみないと楽しさが分からない』と言ってあらゆる部活に入部したんだ。男子含《ふく》めて各部のエースを五倍以上の実力差で破壊《はかい》して、『一日やれば十分そうだ』と一言残して全部辞《や》めた」

「……人間ですかそれ？」

「魔女《まじょ》だと言われても別に驚《おどろ》かん。あの身体能力に加えて、頭も俺より遥《はる》かに良《い》いし」

遠い青空を見上げて、俺は嘆息《たんそく》する。

「打ちのめされたよ。当時はな」

「夜光《やこう》さん……」

「ずっと自分を『孤高《ここう》の天才』だと思い込んで浸《ひた》っていたからなあ。そんなことはなくて世界は広かったんだ」

俺はずっと、その至らなかった過去を恥《は》ずかしいものだと思っていた。

でも、今はそうじゃない。

「……昔、そういう時期があったからこそ、今、寄《よ》り添《そ》えた人もいると思うと悪くないな」

「はいっ！」

夏澄《かすみ》が嬉《うれ》しそうに笑顔《えがお》を輝《かがや》かせた。

「夜光《やこう》さんはいつでも、今、優《やさ》しくてカッコいいと思います！」

ド直球の褒《ほ》め言葉に胸が詰《つ》まる。

くそ、ストレートな奴《やつ》……！　俺は照《て》れ隠《かく》しをせずにはいられない。

「い、言ってる場合じゃないだろ。打たれやがって。まさか舐《な》めて手加減したのか？」

「……いいえっ。あたしの信条はいつでも全力ストレートですので」

「では、打たれたのは単なる実力不足だ。まだまだ未熟だな、夏澄《かすみ》」

俺の挑発《ちょうはつ》に、夏澄《かすみ》は――、

「――はいっ。まだまだ練習が足りませんね！」

笑って全く動じない。

無敵のエースのポーカーフェイスは、もはや何があっても揺《ゆ》らがないんだ。

「めちゃめちゃ悔《くや》しいですけど、天才はこの程度じゃあ折れませんからねっ。あたし……負けませんから」

夏澄《かすみ》がグラブを脇《わき》に挟《はさ》んで外し、俺の手をぎゅっと掴《つか》んでくる。

「だから夜光《やこう》さんも、たった一度の失恋《しつれん》でへコんでる場合じゃないと思いますっ！」

「……そうだなぁ。俺も前に進まないとな」

「そうですよっ。夜光《やこう》さん、こういうときは継投策《けいとうさく》です」

「継投策《けいとうさく》？」

「一発でかいのをくらっちゃった時は、次の投手にすっぱり替《か》えちゃった方が上手《うま》くいくんです。ここは無理矢理にでも、次の有望そうな子とバッテリーを組みましょう！　例えば！」

「……例えば？」

聞き返すと、夏澄《かすみ》がぱっと手を離《はな》して顔を赤くした。

それから俯《うつむ》いて、いじいじと爪先《つまさき》を弄《いじ》って、

「……た、例えば……身近な同級生とかも……ありかなーって、思いけますけども…………」

いや声小っさ。誰《だれ》かリモコンの音量踏《ふ》んだ？

「い、許嫁《いいなずけ》とか部活の後輩《こうはい》ちゃんとか、何かと気を遣《つか》うのでやっぱり同い年の気兼《きが》ねない同級生がいいんじゃないでしょうか……。あ、あと夜光《やこう》さんは、意外と真逆な体育会系の方が相性《しょう》良かったりするのかなーって……思わなくもないというか……そのう、つまり…………」

ごにょごにょ呟《つぶや》く夏澄《かすみ》に、俺は笑った。

直球勝負が信条とか言ってたくせに、恋愛《れんあい》になると奥手《おくて》なのか。

「な、何笑ってるんですかっ、夜光《やこう》さん！」

「いや、可愛《かわい》いなあと思って」

「かっ、かわっ⁉」

ふふ、言えるぞ今日の俺は。このままからかう側に立ってやる！

「同級生なあ。いいと思うんだが、紅羽《くう》も早生まれとはいえ同い年だったからなー？」

「そ、それはそうかもしれませんが、あたしオススメの子はきっと、絶対、夜光《やこう》さん一筋で別のオトコに靡《なび》いたりしないと思いますっ！」

「でもその子我《が》が強くて彼氏《かれし》のこと犬扱《いぬあつか》いしそうじゃない……？」

「──そっ、そんなことないよ！」

ばうっと夏澄《かすみ》が吠《ほ》える。

「ふたりのときはむしろされたい側だし！」

「……えっ？」

夏澄《かすみ》が両手でバッと口を押さえた。

「ちっ、違《ちが》うからね⁉　あくまで友達の話！　友達の話だからね⁉　断じてあたしはそんなヘンタイさんじゃないから！」

な、なんてテンプレな誤魔化《ごまか》しなんだ。敬語崩《くず》れてるし。

へえ……でも夏澄《かすみ》って、実はそうなんだ……。へええ……。

「い、いいんじゃないか、変態さんでも？　ふ、ふひ、む、むしろありがたいというか——」

——ずごんっ!!

「ぐぁあああ————っ!?　痛ぁあああっ!?」

急にバッターボックスから【185km／h】と表示された剛速球《ごうそっきゅう》が飛来《ひらい》して、俺のキモい顔面に突《つ》き刺《さ》さった。死ぬって。

だがこの展開……まさか狙《ねら》い通り嫉妬《しっと》した紅羽《くう》が!?

「——夜光《やこう》さまっ、いつまでイチャイチャしてるの！　早く戻《もど》ってきてッ！」

お前かい。

肝心《かんじん》の紅羽《くう》は無傷なのに、お前が一番ダメージくらっててどうするんだよ。

「もういい……。かくなる上はわたくしが投げてやるっ、六条《ろくじょう》・リーズレット・紅羽《くう》！」

「フフフ。では、私も手加減なしでやらせてもらおうか」

このあとベルは魔球《まきゅう》を投げまくって紅羽《くう》を打ち取ろうとしたが、どんな球を投げても確実にカットする紅羽《くう》が十球目あたりで「フフ。大体分かった」と笑ってからはワンサイドゲーム。宇宙まで吹っ飛《と》んだんじゃないかってぐらいのホームランを量産され続けた。

「結局何を投げようが必ず身体《からだ》の前を通るからね。思考のクセを読めば打てない球はない」

「ぐぬぅ……ッ！　こうなれば球の重さを1トンに……！」

お前らだけ別のゲームするのやめて？

「夜光氏《やこう》ぃ……。野球、いつ終わるの……？」

そして莉々《りり》はずーっとベンチの日陰《ひかげ》で携帯《けいたい》ゲームをしていた。お前も別ゲーをするな。

「心配しなくてもすぐだよ。……次、ゲーセンだっけ？」

「うむ……！　わたしの戦場で、紅羽氏《くう》をボコる……！」

クソザコ宇宙人が意気軒昂《いきけんこう》に拳《こぶし》を構えた。

「わたしより強い奴《やつ》がいるなら、会ってみたいものであるっ！」

☾

——きゃぁあああああ————っ!?
——【K.O.!】
——【YOU LOSE!】
「ううう……！　おのれ地球人……っ！」
筐体《きょうたい》に座る莉々《りり》が、悔《くや》しそうに涙目《なみだめ》になる。
だけど隣《となり》に座って観戦していた俺は落ち込んではおらず、むしろ内容に感心していた。
「いや凄《すご》いぞ、莉々《りり》。あの紅《く》羽相手に最初一本引けたのは流石《さすが》すぎる！」

「……うぇ、うぇへへ。そう、かな……？」

「ああ。後半からはちょっと一方的にまくられてしまったが、この感じなら何回か戦えば一勝ぐらいはもぎ取れるんじゃないか⁉︎」

「う、うむ……！」

俺と莉々《りり》は淡《あわ》い希望を抱《いだ》き、連コインする。

すると紅羽《くう》が、俺たち側の筐体《きょうたい》まで回ってきた。

「すまない。莉々《りり》ちゃん、夜光《やこう》。再戦は少し待ってくれないか？」

「……？」「ああ、どうしたんだ？」

「うん。どうもこっち側の筐体《きょうたい》、中Kが効かなくてね。要《かなめ》の中足《ちゅうあし》が使えないんだ」

なんでこいつはいつも希望を与《あた》えてからむごたらしく奪《うば》うの？

「フフ、少し店員さんに連絡《れんらく》してくるよ。後でフェアな状態でやろう」

紅羽《くう》がひらひらと手を振《ふ》って去る。

俺と莉々《りり》は宇宙を見たような顔を見合わせていた。

「夜光《やこう》氏。紅羽《くう》氏はもしや、プロゲーマー……？」

「いや、どころか家にゲームすら持ってない。やるのはここに来たときだけだ」

「か、格ゲーでそれは……あり得ぬのでは……？」

「でも実際に124連勝の店舗記録《てんぽきろく》は残ってるからなあ。それも負けたんじゃなくて、中学生は退店しないといけないからタイムアップで終了《しゅうりょう》だ。俺もそのとき横で見てたよ」

懐《なつ》かしくて、俺は苦笑《くしょう》する。

「あいつのせいで悪目立ちして、サボりに来れなくなってしまってな」

「……それって……」

「うん。まだ学校にほとんど行ってなかった頃《ころ》だ。でもあいつが『ここにいるより私といた方が面白《おもしろ》いぞ』とか言って無理矢理逃《に》げ場《ば》を潰《つぶ》すもんだからな。……そこから毎日、学校に通うようになった。実際面白《おもしろ》かったよ。行けば好きな人に会えるんだからな」

これも恥《は》ずかしい思い出の一つだ。

でもそこから俺は変われたし、だからこそ彼女に手を差《さ》し伸《の》べてあげることができた。

「なあ莉々《りり》、学校は楽しいか？」

「うむ！　すごくたのしい！」

そうか。それが聞けたらもう満足だ。

「……だから夜光《やこう》氏も、学校来てね？　フラれたからって、サボりは、だめだよ？」

「う……いや、分かってるって」

「つらかったら、お話、聞くよ……？　何でも聞いてあげるし、」

莉々《りり》が座る距離《きょり》を縮めて、手を重ねてきた。

「わ、わたしなら……夜光《やこう》氏にそんな思い、させない……よ……？」

「っ……⁉」

夏澄《かすみ》とは打って変わって、積極的な莉々《りり》にどぎまぎしてしまう。

ば、馬鹿な。莉々《りり》をここまで育てた覚えはないぞ⁉

いやでも確かに、一度腹を決めたら後は無敵みたいなところはあったか⁉

「そ、その辺のデリケートな話は、莉々《りり》にするには少し憚《はばか》られるかもなあって……」

「むむ……どうして……？」

「いやほら……ちょっとオトナな話も絡《から》んだりするわけでな」

俺はお茶を濁《にご》してガードを試みるが、

「え……えっち、できなかったこと……？」

「莉々《りり》っ⁉」

ド級の攻撃《こうげき》で突破《とっぱ》されて思わず立ち上がる。

「馬鹿っ！　そんなこと口にするもんじゃない‼」

「……？　そういうことって、下ネタ……？　そんなの、コメントで沢山《たくさん》来るよ……？」

「それはそいつらが終わってるんだ！　とにかく莉々《りり》にはそういうのはまだ早い！」

俺が慌《あわ》てふためくと、莉々《りり》が膨《ふく》れた。

「夜光《やこう》氏は、いつもわたしを子《こ》ども扱《あつか》いする。わたしも高校生の女なのだぞ」

「そ、それは分かっているが」

「全然分かっていないっ。わ、わたし、思ってるより、色々、オトナなのだぞ……？」

莉々《りり》は赤くなりながらも、止まらない。

「ナイショにしてくれるなら、夜光氏《やこう》だけには、教えてあげてもよいよ……？」

「な……何を？」

「…………配信では言えない、オトナなひみつ……」

——何言ってるんだ！　そんなのファンに悪いし聞けるわけないだろ！

「是非《ぜひ》お願いしますッ！」

「——死ねロリコン」

ブレーキが壊《こわ》れてしまった俺を、ベルが背後からの跳《と》び膝蹴《ひざげ》りで強制停止させる。

インパクトの瞬間《しゅんかん》、時間が停《と》まって感じるぐらい強烈《きょうれつ》だった。

「作戦通りの動きなのにぃ……っ」

「黙《だま》って！　ほんと夜光《やこう》さまはいっつも他の女にデレデレしてッ！」

「何を喧嘩《けんか》しているんだ？　こっちは調整が終わったぞ」

紅羽《くう》が戻《もど》ってくるなり、ベルは俺をぽいっと放り出す。

「待ちわびた。次はわたくしが直々にボコボコにしてやる」

「フフフ、また私に遊ばれたいのか？　可愛《かわい》いなあ、ベルは」

「うるさいッ！　おまえがわたくしをベルと呼ぶな！！！」

……うーん。この差し合いを見るに、既《すで》に勝敗は見えてるな。

魔法《まほう》を使ってチートをしても、同じレベルなら格闘《かくとう》ゲームは冷静な方が勝つからな。

「夜光《やこう》さぁーん、ベルちゃん止めます？」

「わたしは分からせられるベルカ氏がみたいぞ……！」

「俺も莉々《りり》に一票。好きなようにやらせてあげよう」

その後やっぱりベルは完璧《かんぺき》にボコされ、台パンしたり灰皿を投げたりしていた。

「きぃいいいいい――――ッ！！　むかつく――――ッ！！！」

「フフフ。連コインで家の資産が無くなってしまうなあ、ベルちゃん？」

……こいつら、案外仲良くなれそうな気がするのは俺だけか？

苦笑《くしょう》しつつ、腕時計《うでどけい》をちらりと見る。

なんと、そろそろ夕食時という時間だった。時が経《た》つのは早いな。

……さて。

そろそろベルも頭が冷えて、この作戦の根本的な間違《まちが》いに気付く頃かな。

☽

ゲーセンからそのまま流れ込んだファミレスで、俺たち五人は夕食を摂《と》る。

本日の最終イベントだ。

「——夜光《やこう》さん、あたしドリンクお代わり注《つ》いできますねっ。コーヒーでいいでしょうか？」

「ああ。ありがとう」

「えへへ、気が利《き》く女ですからあたし！」

「や、夜光《やこう》氏、サラダ取り分けてあげるね……？」

「……莉々《りり》って今日、女子力アピールみたいな記事でも読んできた？」

「〜っ!? な、なにゆえ………!?」

「なんか行動が全体的にそれっぽ———むぐっ」

ベルがマルゲリータピザを突《つ》っ込《こ》んできた。

「はい、あーん♪」

それ絶対口に突《つ》っ込《こ》む前に言うやつだけどな。

ベルは俺の腕《うで》に身体《からだ》を絡《から》ませて、ほうら、夜光《やこう》さまは拒《こば》まないよ。わたくしたちこんなにラブラブだよ？　と言いたげに紅羽《くう》にアピールする。

だけど肝心《かんじん》の紅羽《くう》は、落ち込むどころか微笑《ほほえ》むだけだ。

「見ない間に、随分《ずいぶん》モテモテになったんだな。夜光《やこう》は」

「……どうかなあ。気に入らないか？」

「いいや？　私の審美眼《しんびがん》が証明されたわけだからね」

からん、と紅羽《くう》がストローで氷だけ入ったグラスをかきまぜる。

「――すごく、安心した。……私が居ない間も、夜光《やこう》は元気にやれていたんだな」

その微笑《ほほえ》みを見て、ベルがはっと息を呑《の》んだ。

……そうか。とうとう気が付いちゃったんだな。

そもそもベルの作戦は、『紅羽《くう》がまだ俺に未練がある』という前提の元に考案されてる。だから自分のことを吹《ふ》っ切《き》って他の女とイチャついてたら傷つくだろ？　という論理だ。

でも実際、これは成立しない。

紅羽《くう》はもう、別にちゃんとした相手がいる。

だから他の女とイチャつこうが別に傷つかない。どころかその逆なんだよな。

例えばやむを得ない事情で、愛犬をいきなり捨てて海外に旅立ったとする。

何年か後に日本に戻《もど》ってきたときに、野垂れ死んでましたと知ったら後味は最悪だろう。だって自分が殺したようなもんなんだから。

でもこれが、違《ちが》う裕福《ゆうふく》な飼い主に拾われて、今も幸せそうに生きてるよと知った場合はどうだろう。悪いことしたなという感情は拭《ぬぐ》えなくても、かなり救われると思うんだ。

まあ……要するにだ。

ベルがやったことは紅羽《くう》を傷つけるどころか、その真逆だったという話だ。

ふと、紅羽《くう》が胸ポケットに差し込んでいた携帯《けいたい》が震《ふる》え出《だ》す。

ディスプレイが一部覗《のぞ》いていたから、相手の名前が俺にも見えた。

篠宮《しのみや》・ヴィルヘイズ・空《そら》——紅羽《くう》の婚約者《こんやくしゃ》だ。

「っ……!?　あいつ、今日は邪魔《じゃま》したら殺すと言っておいたのに……！」

今日初めて、紅羽《くう》が表情を崩《くず》した。

それに殺すだなんて乱暴な言葉、紅羽《くう》の口から聞くのは初めてだ。

俺はそれを、親しさゆえの荒《あ》れだと解釈《かいしゃく》する。ピザと一緒《いっしょ》に、ようやく呑《の》み込《こ》めた。

——……そっか。紅羽《くう》の愛してる人はもう、俺じゃない。

俺の知らない、別の人なんだな。

「あ……。すまない夜光《やこう》、気にしないでくれ」

「いや、いいよ。大丈夫《だいじょうぶ》だから出てこい」

俺は微笑《ほほえ》んだ。

「婚約者《こんやくしゃ》からだろ？　もう気にしないから」

「……すまない……」

紅羽《くう》は駆《か》け足《あし》で店外に出て行く。莉々《りり》と夏澄《かすみ》も連れだってトイレに行った。

席には、俺と俯《うつむ》いたベルだけが残る。

「……ごめんなさい、夜光《やこう》さま……。今日、わたくし、全然……っ」

「なあベル。復讐《ふくしゅう》なんて無意味だー、とかよく漫画《まんが》で言ったりするじゃないか？」

俺は満足して笑う。

「あれは絶対に嘘《うそ》だな。だってどう考えても今日は最高の一日だった！」

「……夜光《やこう》さま……」

俺はぐっと拳《こぶし》を握《にぎ》る。

騎士《きし》の指輪が、きらりと輝《かがや》いていた。

「ここまでありがとう。あとは、全部任せてくれ」

☾

ファミレスを出ると、外は完全に真っ暗になっていた。

その場では解散としないで、いったん最寄《もよ》り駅《えき》である西清船駅《にしきよふねえき》の改札前に集まる。

「よし。じゃあ今日は解散にしようか？」

俺が号令をかけると、みんなそうしよう、楽しかったと口々に反応してくれる。

まさにシメといった感じだけど、俺の本当の戦いはここからだ。

「夏澄《かすみ》と莉々《りり》はどうやって帰るんだ？」

「あたしはちょっと歩いて地下鉄です！」

「わたしは、このまま上りの電車に……」

よし、帰り道は被《かぶ》らないな。

俺と紅羽《くう》はここが最寄《もよ》り駅《えき》だから、そのまま歩きで帰る。全てが想定通りだ。

あとは企《たくら》みを実行する心のパワーを、充電《じゅうでん》させてもらうだけ。

「ではみなさん、今日はありがとうございましたー！　またいつかっ！」

「あ、待ってくれ夏澄《かすみ》。最後にいいか？」

呼び止めると、夏澄《かすみ》がきょとんと首を傾《かし》げた。

何をされるか、ちっとも予想がついてない顔だ。普段《ふだん》の俺からは考えられないしな。

……胸がドキドキする。でも、やるぞ！

「——今日は来てくれてありがとう。また会おうな」

俺は夏澄《かすみ》を、思いっきり抱《だ》きしめた。

「〜〜〜っ!?　は……はいっ……」

最初、おっかなびっくり抱《だ》き返《かえ》してくる。

だけど慣れると、夏澄《かすみ》は耳まで真っ赤になりながら、強くぎゅーっとしてきた。

「……えへへ。やだって言っても、会いに行っちゃうから！」

まるで炎《ほのお》の塊《かたまり》を抱《だ》いてるみたいだ。

この子を抱《だ》くと、俺はいつだって燃えるようなエネルギーを分けて貰《もら》える。

「じゃあまたな？」

「はいっ！　夜光《やこう》さんも、お気をつけて！」

夏澄《かすみ》は元気いっぱいに走って帰って行く。

ようし、次は。

「莉々《りり》」

「──っ⁉」

びくーっ！　と莉々《りり》が怯《おび》えて跳《と》び上《あ》がる。

や、止《や》めた方が良かったかな？　いやいや、ここで日和《ひよ》る方が逆に恥《は》ずかしいぞ。

俺は両腕《りょううで》を広げて、莉々《りり》を待つ。

「おいで」

「…………！（こくこく頷《うなず》く）」

ぴょんっと跳《と》ぶみたいに、莉々《りり》は俺の胸の中に飛び込んできた。

小柄《こがら》な莉々《りり》は、抱《だ》きしめるとすっぽり収まるような感じがする。

「今日はありがとう。また部室に課題とか持っておいで。俺で良ければ見るからな」

「うぇ、うぇへへ。うむっ。……あの、夜光《やこう》氏……？」

「ん？」

「……な、なでなでも、欲しい、ぞ…………？」

……一回跳《と》んだらその後はびっくりするぐらい大胆《だいたん》なんだから。

でもその勇気をこそ、俺は分けてほしかった。

絹のように心地《ここち》良《よ》い莉々《りり》の頭を撫《な》でて、最後にもう一度ハグをして別れた。

「じゃあな。今日の配信楽しみにしてるから」

「うむっ！　夜光《やこう》氏、ばいばい！」

小さな手をぶんぶん振《ふ》って、莉々《りり》は改札の向こうへ消えていった。

よし次。

「ベル」

呼んだときには既《すで》に、ベルは両腕《りょううで》を広げていた。

「かもん。荒々《あらあら》しく」

「乗り気すぎる……。お前は、お預け」

「え——」

「……楽しみにして、先に帰っててくれ」

はっと、ベルが息を呑《の》んだ。

全てを言わなくとも、何をするつもりかベルには通じただろう。

俺はベルに契約指輪《エンゲージリング》を示して、静かに笑った。

「必ず戻《もど》る」

「……ん。分かった」

ベルは指輪を隠《かく》すように手を重ねて胸に置き、微笑《ほほえ》んだ。

「待ってるね」

ベルが歩いて、街の人混みの中に消えていく。

俺と紅羽《くう》は、それを黙《だま》って見送っていた。

「さて、と。……紅羽《くう》。話したいことがある。送らせてもらっていいか？」

「……今夜じゃないと駄目《だめ》なのか？」

「ああ。これ以上、先にはしたくない」

紅羽《くう》が微笑《ほほえ》み、俺に左手を差し出してくる。

「……なら、エスコートを頼《たの》もうかな。私の騎士《きし》に」

その薬指に知らない指輪が輝《かがや》いていることに、俺は今になって初めて気付けた。

いや――気付かなかったんじゃなくて、今まで目を逸《そ》らしていただけだろう。

「……お前ってさあ、婚約者《こんやくしゃ》いるんだよな？」

「そのようだ」

紅羽《くう》はいつも通りに笑う。

「夜光《やこう》とお揃《そろ》いだな」

「……お前は絶対、地獄《じごく》に落ちるよ」

そして多分、俺も。

「送っていく」「……うん」

互《たが》いに、違《ちが》う指輪の付いた指先を絡《から》み合《あ》わせて。

俺たちは終わりに向かって、歩き出していく。

☽

何年ぶりかの帰り道を、身体《からだ》は覚えていた。

紛《まぎ》らわしい三叉路《さんさろ》の正解も、俺にだけ激しく吠《ほ》えかかってくる犬の家も、紅羽《くう》が好きなサンドイッチを置いているパン屋さんも、そのままだった。

過去の光である星明かりを浴びて、俺たちは懐《なつ》かしい話に花を咲《さ》かせながら帰って行く。

思い出はいつも美しい。

……だけど――、

「あれ……？　夜光《やこう》、ここの角は書店じゃなかったか？」

「ああ、志文堂《しぶんどう》だろ。去年の夏頃《なつごろ》に潰《つぶ》れたよ」

「……そう、なのか……。あの店の雰囲気《ふんいき》が好きだったんだが……」

「そうだなあ。俺も当時は凄《すご》く落ち込んだ」

だけど、と俺は跡地《あとち》に建ったカフェを指差す。

「ここは最近できたんだけど、サイフォン式で凄《すご》くうまいコーヒーを出すんだよ。近隣住民《きんりんじゅうみん》にもすこぶる好評で、特に土日のモーニングなんてめちゃくちゃ混むんだぞ？」

「……へえ……」

「まだ長く通ってる訳じゃないけど、俺は今の店も好きだな」

ふと、紅羽《くう》が強く手を握《にぎ》り返《かえ》してきた。

「私は、書店のままが良かった」

「はは。本好きは変わらないな。……まあ俺もだけど」

紅羽《くう》とは、趣味《しゅみ》も何もかもウマが合った。それでいて俺より何でもできた。憧《あこが》れと親しみが恋《こい》へ変わっていくのに時間は掛《か》からなかったし、今思えば一目惚《ひとめぼ》れだったような気もする。

こいつがいないと生きていけないな、とまで思ったこともある。

大好き、だった。

「なあ紅羽《くう》。もう笑い話にしてしまおうと思うんだが」

「ん……？」

「俺実は、お前がいなくなったあと、死ぬほど落ち込んだんだよ。飲めない食えない眠《ねむ》れないでさあ。なんと三日で八キロ痩《や》せたんだぞ？　あれは人体の神秘を感じたなあ」

ははははと笑い出す俺に、紅羽《くう》は表情を凍《こお》らせる。

そしてそのまま、歩かなくなってしまった。

「……あまり笑えなかったか？　でもこれは嘘《うそ》じゃないぞ」

「……らしくないな」

豆電球ぐらいの明るさで、紅羽《くう》が微笑《ほほえ》む。

「何とも思わない、清々したって、見栄《みえ》を張るのが夜光《やこう》だろう？」

「さすが、よく分かってる。……でも、最近ちょっと事情が変わってさ」

俺は停《と》まろうとする紅羽《くう》の手を引き、前へ歩き出す。

「俺が嘘《うそ》つくと一瞬《いっしゅん》で見破るやつがいるんだよ。どんなに隠《かく》したいカッコ悪いことでも、絶対見逃《みのが》してくれない。正直ネトストだけは本気で止《や》めてくれよって思ってるんだが」

「……………………」

「だけどそれに、たまに救われる。もうありのままの俺でいいか、って」

俺がここで話していることを、あいつはいつものようにちゃっかり聞いているだろうか。

それとも今日ばかりは大人しく下駄《げた》を預けて、ネットでも楽しんでいるだろうか？

どっちもありそうだし、どっちだって笑って許す。

だからお前も、正直に吐《は》く俺を許してほしい。

「正直俺が一番好きな女は、今でもダントツでお前なんだよ。紅羽《くう》」

「……フフ。光栄だな」

「残念ながら俺の『好き』の要素の集合体だからなあ、紅羽《くう》は」

「……そんなの、初耳だ」

だろうなあ。だって言って愛想《あいそ》尽《つ》かされたくなかったもん。

「まず背ぇ高い美人だろ？　胸も大きい。顔の造形も髪《かみ》の色もドストライクで百二十点だ」

「おい。見た目の話ばかりじゃないか」

「大事だろ？　それに外見だけじゃない。お前は俺より何でもできて、それに性格も完璧《かんぺき》だ。いつも余裕《よゆう》があって上品で、ウィットに富んだ会話ができる。ドライで俺を放任してくれる。趣味嗜好《しゅみしこう》もぴったりと合って……」

不満があるとしたら、性欲が全く無さそうで本当にキツかったこと。

俺はエロいことばっかり考えてたのに……。

あとは、そんな完璧《かんぺき》なのに俺なんかと付き合っていた愚《おろ》かさかな。

でもこれらの不満点は、俺と離《はな》れた今、もう何の問題にもならない。

「改めて、完璧《かんぺき》な女だよ。紅羽《くう》は」

「……ありがとう」

「それに比べてベルの奴《やつ》ときたらなあ……」

ああ、やっと誰《だれ》かにあいつのことを愚痴《ぐち》れる。

「外見は可愛《かわい》いけど、性格は全く可愛《かわい》くない。クールなのは喋《しゃべ》り方だけですぐ感情的になるし、ドギツい下ネタも平気でぶっこむだろ？　その上めちゃくちゃウェットで束縛《そくばく》激しいし、育った環境《かんきょう》が違《ちが》いすぎて趣味嗜好《しゅみしこう》も全く合わない」

しかも、『女の子を百人抱《だ》け』とかいう無理難題までふっかけてくるのだ。

俺は、あいつほど厄介《やっかい》な女の子を他に知らない。

「――でも……俺はベルと一緒《いっしょ》にいるようになってから、毎日が最高に楽しいんだ」

強がりじゃなく、心の底からの笑《え》みを浮《う》かべる。

俺はベルカ・アルベルティーネのことを、どんどん好きになっている。

そして好きになっているのは、あの子のことだけじゃない。

「紅羽《くう》。俺な？　少しずつだけど、自分に自信が持てるようになってきたんだ」

「………………」

「そしたらだ、今日一日で見ただろう？　俺、なんと女の子にモテてきたんだよ」

しかもどの子も、二人に負けず劣《おと》らず、強くて魅力的《みりょくてき》な女の子だ。

そんな子たちから好かれるなんて、俺は最高に果報者だ。

「……俺は今、恋愛《れんあい》というものが、すごく楽しいからさ」

もっと色んな子と出会いたい。沢山《たくさん》の人を救いたい。

そして最後には俺自身を、心の底から愛せるようになっていたいから――。

「ひとりの女の子にこだわり続けるのは、今夜で終わりにしたいんだ」

俺は紅羽《くう》から手を離《はな》す。

辿《たど》り着《つ》いた終着点は、街灯が照らす社公園《やしろこうえん》のベンチだった。

「紅羽《くう》。……ここまでだ」

「…………………………」

「……俺と、別れて、くれ……」

震《ふる》える声が解《ほど》けてしまわないように、唇《くちびる》を噛《か》んで。

涙《なみだ》が溢《あふ》れ落《お》ちてしまわないように、夜空を見上げて——、
最後は、笑顔《えがお》で。

「——さよなら、紅羽《くう》。……愛していたよ」

月の綺麗《きれい》な夜に、俺は初恋《はつこい》の人に別れを告げた。

☽

そのまま、夜の街を歩き続けた。

どこへ向かって歩いているのかも分からないまま、いつまでも、呆然《ぼうぜん》と。

「——夜光《やこう》さま」

心を引《ひ》き戻《もど》してくれる声に、呆《ほう》けた俺は夜空を見上げる。

世にも美しい少女は箒《ほうき》に腰掛《こしか》けて、そこに浮《う》かんでいた。

「……ベル。どうして？」

「この辺り、わたくしんちの近くだから。……迎《むか》えに」

……そうか。無意識のうちに、目指してしまったのかもしれないな。

ベルは箒《ほうき》から降りないまま、俺のすぐ近くで高度を下げてくる。

「乗ってく？」

「……じゃあ、お願いしようかな」

俺は箒《ほうき》の後ろに腰掛《こしか》け、ベルの腰《こし》に掴《つか》まる。

観覧車のゴンドラみたいに緩《ゆる》やかな速さで箒《ほうき》は上昇《じょうしょう》して、足が地上から離《はな》れた。ゆっくり、ゆっくりと夜景が後ろに流れていき、不思議な高揚感《こうようかん》が胸を満たした。

「なあ、ベル。……観《み》てたか？　観《み》てなかったか？　どっちだ？」

「信じて、観《み》なかった」

「ほらな。隠《かく》しちゃうだろ？　今後はもう少し俺にも寛容《かんよう》になってもらいたいな」

びくっと箒《ほうき》が急停止して、俺たちは揃《そろ》ってつんのめる。

危ないなあなんて笑っていると、ベルが錆《さ》びたロボットみたいに俺を振《ふ》り向《む》いた。

「なんで、分かったの……？」

「観《み》てなかったら、お前の性格上紅羽《くう》のとこ行った俺をこんな遅《おそ》くまで放置できない。観《み》たからこそ『そっとしてあげよう』と思った。以上、何か反論は？」

「……ありません。ごめんなさい……」

しょぼくれるベルに、俺は大笑いしていた。

夜風で声が聞こえないってわけでもないのに、音量の調節ができない。

「ふははははっ！　この天才に隠《かく》し事《ごと》など百年早いなぁ、ベル！」

「……ん。そうだね」

「どうだ。俺は格好良いだろう？　何せ百人の美少女を抱《だ》きまくるはずの男だからなっ！」

どうしてだろう。……何もかもが、上滑《うわすべ》りしていく。

なあベル。早く箒《ほうき》から蹴《け》り飛《と》ばすとかして、いつものように鎮《しず》めてくれよ。

じゃないと、俺は……なんだか、今にも——。

「——格好良いよ？」

それなのにベルは、何もしてくれなくて。

「ずっと、夜光《やこう》さまは格好良いもん」

「…………っ…………」

「……夜光《やこう》さま」

彼女はただ、俺に静かに笑いかけた。

「おつかれさま」

「――――――――――――――」

その言葉が十二時の鐘《かね》になる。

一晩中かけて注《そそ》いで貰《もら》った愛の魔法《まほう》が、たった今、ぷつりと切れてしまった。

胸に稲妻《いなずま》のような疼痛《とうつう》が走り、顔を上げていられず、掴《つか》まっているベルに顔を埋《うず》める。

「……う、あああ、……あっ………」

ひび割れるように、涙腺《るいせん》が壊《こわ》れていく。

美しい紅羽《くう》との走馬灯が、脳裏《のうり》を駆《か》け巡《めぐ》って――、

「あ、ああ、ぁあぁぁっ、あああ――――」

醜《みにく》い断末魔《だんまつま》みたいな嗚咽《おえつ》をあげて、俺はついに決壊《けっかい》した。

濁流《だくりゅう》のような涙《なみだ》と叫《さけ》びが止まらない。

心の底に溜《た》め続《つづ》けた泥《どろ》を、沈《しず》んでいた宝石と一緒《いっしょ》に洗い流すように。

ひび割れてしまった器《うつわ》が、いつの日かまた、美しいもので満ちる日を祈《いの》るように。

一番暗い、夜明け前――。

俺の初恋《はつこい》の葬儀《そうぎ》は、しめやかに行われたのだった。

それから、どれぐらい経《た》っただろうか。

涙《なみだ》ももはや涸《か》れてしまって、心が不思議な凪《なぎ》の中に辿《たど》り着《つ》いた頃《ころ》。

「——見て。夜光《やこう》さま」

東の空から、闇《やみ》を切《き》り裂《さ》く光が顔を出す。

長い夜が明け、新しい朝がやって来ていた。

「おおっ……！」

こんなに綺麗《きれい》な夜明けを見たのは初めてで、しばらく見つめている。

そうしていると、ふと、

「……終わったな」

そんな言葉が湧《わ》いてきた。

「勝手に？　違《ちが》うでしょ」

「……そうだな」

爽《さわ》やかな笑《え》みが芽吹《めぶ》き出《だ》す。

相変わらず謎《なぞ》は謎《なぞ》のままで、全てを解決した訳でもない。何よりこんなにも不格好だけど、

「——俺が、終わらせたんだ」

答えは自分で選んだ。

それなら今後どうなったって、きっと最高の人生だ。

「よっ、と！」

俺はベルの身体《からだ》から手を離《はな》し、細い箒《ほうき》の上で立ってみる。

きっと落ちないだろうし、落ちてもベルが絶対に助けてくれる。そんな絶対の信頼《しんらい》を支えに立ち上がると、やはり何らかの魔法《まほう》がかかっているのだろう。箒《ほうき》の上は地面を歩くよりも安定感があった。

両手を広げて目を閉じる。

心地良《ここちよ》い朝の風が、俺の身体《からだ》を通《とお》り抜《ぬ》けていく――。

「ベル。色々、ありがとうな」

「……うん。こちらこそ」

「気持ちの整理は、まだまだ綺麗《きれい》にはつけられない。だけどこれだけは伝えたい」

俺は目を開き、後ろを振《ふ》り返《かえ》る。

ベルも同じように箒《ほうき》の上で立っていて、俺の言葉を待っている。

胸に当てた彼女の手には、太陽の光を浴びて輝《かがや》く契約指輪《エンゲージリング》があった。

「俺は、ずっと君の騎士《きし》でいたい。へたれて辞《や》めるなんてもう二度と言わないと誓《ちか》う」

指輪の輝《かがや》く右手を胸に当て、俺は笑う。

「【百姫夜行《ひやっきやこう》】、これからも続けていいかな？」

「……ん。もちろん、ずーっと一緒《いっしょ》」

ベルも嬉《うれ》しそうに笑う。

そして箒《ほうき》の上をずかずかと歩いてきて、とっても台無しなことを言った。

「そ、それで、騎士《きし》としてじゃなくて、わたくしとはいつ付き合ってえっちしてくれるの？」

心の底からのため息が漏《も》れる。

「お前さぁ……。今言うか、そういうこと？　本当に台無しだよ……」

「だ、だって大事だもんっ。何かイイ感じの雰囲気《ふんいき》でなあなあに流されたくない！」

「……はぁ。何か、萎《な》えたなあ。大体しばらくは誰《だれ》とも付き合うつもりないぞ、俺」

「え」

「少しは喪《も》に服させてくれよ。それで、改めて冷静に検討したい」

にやりと俺は笑ってみせる。

「何しろ俺はベルの他にも百人、俺を好きな女の子を抱《だ》けるんだからな？」

「……む。じゃあ、えっちなことは？　当然その間、わたくしとはしないんだよね」

「いやあ。それはそれでしたいなあ」

「はぁ!?　都合良すぎ！」

「嫌《いや》なら俺は止《や》めとけよ。代わりは百人いるんだし、」

最近思えるようになった。所詮《しょせん》女の子も、男と同じ性欲のある生き物なんだから。

「お前だってしたいんだろ。今更《いまさら》かわいこぶるなよ」

「……うるさい。しょうがないでしょ」

かーっと頬《ほお》を染め、ベルは微笑《ほほえ》んだ。

「だって、あいしてるんだもん。心と身体《からだ》で抱《だ》きしめ合《あ》いたくて、当たり前」

「……うん。そうだな」

「いいよ。それで。夜光《やこう》さまはそれが許されるぐらい、素敵《すてき》な殿方《とのがた》だと思うから」

箒《ほうき》の上を歩いて、ベルが俺に近づいてくる。

悲観もためらいもなく、この子はいつだって俺にアプローチしてくれる。

「百人抱《だ》いて、比べてみたらいい。それでも最後は絶対、わたくしを選んでもらう」

「……ベル」

「一生、離《はな》さないよ？」

不敵な魔女《まじょ》の微笑《ほほえ》みが、俺の心を痺《しび》れさせた。

「——あなたを一番愛しているのは、このわたくしなんだから」

死んでもいいな、と思えるぐらい幸せだった。

この愛に何かを返したくてたまらなくて、だから俺はせめて誓《ちか》う。

「じゃあ約束する。もしも【百姫夜行《ひゃっきやこう》】が終わったとき、俺がベルを一番愛していたら」

俺はベルの左手の薬指を取って、その場に跪《ひざまず》く。

「——結婚《けっこん》しよう」

「……っ」

「一生側《そば》にいて、ベルを護《まも》るよ。騎士《きし》としてじゃなくて、ひとりの男として」

生まれて初めてのプロポーズを、ベルに捧《ささ》げる。

返事はすぐに返ってこない。

もしかしてやりすぎただろうか、と不安に思い始めた頃、

「……はい……っ」

握《にぎ》った手に、雫《しずく》が滴《したた》り落《お》ちる。

ベルはぼろぼろと涙《なみだ》を流しながら、美しい笑顔《えがお》を見せてくれた。

「こちらこそ、よろしく、おねがいします……」

「……うん。じゃあ、誓《ちか》いの証《あかし》を」

箒《ほうき》の上で立ち上がり、ベルの肩《かた》を抱《だ》く。

彼女は頷《うなず》いて、少しだけ背伸《せの》びをすると、その言葉と共に唇《くちびる》を閉じた。

「あいしてる」

「……ああ」

――俺もだよ。

いつかその言葉を一緒《いっしょ》に捧《ささ》げられるようにと祈《いの》りつつ、返事の代わりにキスをする。

美しい朝の光が差し込む、青空の上――。

愛を交《か》わし合《あ》う俺たちに、未来の鐘《かね》の音が聞こえた気がした。

あとがき

さて。

【注意！】あとがきの後にも本編（いわゆるCパート）が続きます。読み終えてくださった方はお見逃《みのが》しのないようご注意ください。おいしい部分なので、楽しんで頂けたら幸いです。

みなさまお久しぶりです、というよりは、もう初めましての方しかいらっしゃらないかもしれません。渋谷瑞也《しぶやみずなり》と申します。前回本を出してから三年以上の歳月《さいげつ》が過ぎてしまいました。

なぜこんなに空いてしまったかを赤裸々《せきらら》に申し上げますと、いわゆるスランプ、それに起因する実力不足が殆《ほとん》どの原因になります。諸般《しょはん》の噛《か》み合《あ》いもありますが、まあ大体自分のせい。

小説が書けなくなりました。

と言うと正しくないですね。正確に言うと『書けてはいるけど面白《おもしろ》く感じない』であったり『考えた通りに書けているのに急に手が停《と》まる』みたいな現象が、小説を書き始めて五、六年目ぐらいから急に起き始め、治らなくなったのです。

感覚的には味覚が無くなってしまうとか、想像通りに砂の城を作ろうとすると、必ずどこからかぼろぼろ崩《くず》れ落《お》ちていく感じに近いでしょうか。本当にキツかったです。

もう一生書けないのかな、こんな酷《ひど》いモノを投げつけられる編集さんの身にもなれよ、と考え、断筆を真剣《しんけん》に検討しました。ただ……そのときふと、こう思ったんです。

——今まで蓄積《ちくせき》してきたモノが急にゼロになるなんて、冷静に考えてあり得るのか？

いや、ないだろう。じゃあ昔と今で変わったものって何だ。それが原因のはずだよな、と。

そこから沢山《たくさん》、苦闘《くとう》と迷走《めいそう》を重ね、ようやく一つの結論らしきものに辿《たど》り着《つ》きました。

いわゆる『眼高手低』——昔より経験を重ねて感覚が磨《みが》かれた自分が、自分の技術の低さを許容できない。要は「上手《うま》くなれたからヘタクソさに気付いてきた」だけだったんです。

なんて陳腐《ちんぷ》で初歩的なことに膨大《ぼうだい》な時間を費《つい》やしたのか。恥《は》ずかしいし、悔《くや》しい。

しかしエンジニアでもある自分は、長い間ハマるエラーというのは得てしてそういうものであり、その経験の積み重ねこそが技術を磨《みが》く唯一《ゆいいつ》の方法であることを知っていました。

——そっか、俺ヘタクソなんだ。だったらプライドとか全部捨てて基礎《きそ》からやり直そう。

そう思い直して、色々な修練に励《はげ》みました。全てを挙げることは多すぎてできませんが、一番効いたのは「読みやすいと評価を受けている本を写経《しゃきょう》し、それがなぜ読みやすいかを自分と比べて考える」だったかな。（特に聴猫芝居《きねこしばい》先生の『ネトゲ嫁《よめ》』が一番参考になりました）

とにかく『読みやすさ』や『技術』と向き合った数年間になりました。

そして、これからもずっと向き合い続けなければならない。その意識があるからこそ、今回それらが最も問われるラブコメディというジャンルに挑戦《ちょうせん》させて頂きました。

苦しくて苦しくて仕方がなかった。だけど今、あえて言わせてください。

とてもいい時間でした。それではみなさま、出会えればまた。

Reverse Episode φ《ファイ》

全てをひっくり返してやることにした。何もかもが限界だった。

奴《やつ》を欺《あざむ》いて家を抜《ぬ》け出《だ》し、六条《ろくじょう》・リーズレット・紅羽《くう》は早朝の第二理科室の扉《とびら》を叩《たた》いた。

「……どうぞ？」

扉《とびら》を開けると、夜光《やこう》がいる。

ビーカーで沸《わ》かしたお湯で、コーヒーを飲んでいるところだった。

コーヒーの良《い》い香りが、理科室特有のほこり臭《くさ》い匂《にお》いをかき消している。窓も開け放たれていて、差し込んでくる朝の陽光とそよ風が爽《さわ》やかだ。

それがゆえに、気に入らない。

「紅羽《くう》っ？　どうしてここが？」

「……夜光《やこう》がいる場所なら、私は聞かなくても分かるんだよ」

夜光《やこう》が肩《かた》をすくめて笑った。

「何だそりゃ。ベルみたいなこと言うなよ。紅羽《くう》が」

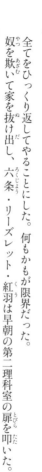

「────────────」

「待ってろ、今何か出すよ。コーヒーでいいか？」

夜光《やこう》は、すっきりとした顔をしていた。

まるで憑《つ》きものが落ちたような。誰《だれ》かとの未来を見つめて歩き始めたような、そんな顔。

「──ベルカ・アルベルティーネとは、もう寝《ね》たのか？」

許せるわけがなかった。

紅羽《くう》の微笑《びしょう》の仮面はひび割れて、醜悪《しゅうあく》な素の表情《かお》が露出する。

「あれからひとりでも、私以外の女を抱《だ》けたか？」

「……く、紅羽《くう》、どうした？　いきなり何を」

「無理だっただろう？　どれだけ試《ため》した所で、呪いが解けるはずもないからな」

夜光《やこう》がぽかんとする。

「……渡《わた》さない」

その間に迫《せま》り寄《よ》っていく。

「──あんな忌《い》まわしき魔女《まじょ》に……、私の男を、奪《うば》われてたまるものかっ！」

「なっ──」

ぱちんと指を鳴らす。

夜光《やこう》のカップの取っ手が取れ、黒い血飛沫《ちしぶき》が床に砕け散った。

理科室に暴風《ふ》が吹き荒《あ》れる。夜光《やこう》を吹《ふ》き飛《と》ばし、空中に磔《はりつけ》にする。

やがて風が止《や》み、夜光《やこう》が目を開ける頃《ころ》に空間の封印《ふういん》は完了《かんりょう》する。密閉された窓の外は、星一つない宇宙のような闇《やみ》に変わった。

これで誰《だれ》にも知られない。

今から私がしでかすことを。

六条《ろくじょう》・リーズレット・紅羽《くう》が秘め続けている、本当の想《おも》いを――。

「……夜光《やこう》。……………夜光《やこう》、夜光《やこう》、夜光《やこう》………………っ！」

胸の中に飛び込んで、床《ゆか》に押し倒す。

抱《だ》きしめる。身体《からだ》を擦《こす》り付《つ》ける。全身にキスをする――。

「あ、ぁああ、ぁああぁあ、……ぁあああぁあ…………っ！」

汚《きたな》い嗚咽《おえつ》を上げて泣く。繕《つくろ》うことなんてもうできない。

「お、まえ………魔女《まじょ》、だった、のか……？」

「……っ。そんなこと、どうでもいい」

馬乗りになったまま、夜光《やこう》の胸《むな》ぐらを掴《つか》んで引き寄せる。

「人間じゃないのは、お前たちの方だろ……⁉」

「……紅《く》、羽《う》……？」

「ひどい、よ。どうして、あんなひどいこと、するんだ。みんなで、寄ってたかって、いじめて!!　いちゃいちゃして、見せつけて、なんで、なんで、なんでっ………！」

胸が張《は》り裂《さ》けそうだった。嫉妬《しっと》でおかしくなりそうだった。

それでも演じ切ってやると、心に決めていたはずなのに。

「――いやだ。別れるのだけは、いやだ……！」

その気持ちだけは、どうしても偽《いつわ》れなかった。

「私だけを愛して。変わらないで。ずっと引きずって。置いていかないで……っ」

たとえ、全てをひっくり返すことになってもいい。

どんな手段を使ってでも、愛《いと》しい人の心を繋《つな》ぎ止《と》めたくて。

疼《うず》く身体《からだ》ではしたなく、紅羽《くう》は誘《さそ》う。

「――抱《だ》いて……」

夜光《やこう》に唇《くちびる》を落とし、拘束《こうそく》の術を解除する。拒《こば》まれたらそれまでだった。

だけど自由になった夜光《やこう》の腕《うで》は、紅羽《くう》の頭をぐいと前へ押し進め――舌を入れてきた。

――夜光《やこう》が、私を求めてくれた。

それだけで、紅羽《くう》は軽く達した。唾液《だえき》と舌が絡《から》み合《あ》う水音が、頭の中をぐちゃぐちゃに攪拌《かくはん》する。交わったまま、呼吸を鼻に任せて二人で溺《おぼ》れる。

その間、紅羽《くう》は夜光《やこう》のそこに跨《また》がり、小刻みにいやらしく腰《こし》を動かし、擦《こす》り続《つづ》けた。

「……ぁ、ぁっ、あっ……！」

抑《おさ》えられない喘《あえ》ぎ。衣擦《きぬず》れに混じる生々しい水音。

期待が、スカートの下を熱く、だらしなく湿《しめ》らせていく。

唇《くちびる》を離《はな》すと、銀色の橋が掛《か》かる。淫蕩《いんとう》に微笑《ほほえ》み、紅羽《くう》は夜光《やこう》のそこを撫《な》でた。

「……フフ。かたい。……うれしい……。……ずっと、これで、想像して………」

──ああ。はしたない。何てことを曝《さら》け出《だ》しているのだろう。

それでも弱いところを擦《こす》り付《つ》け合《あ》うこの行為《こうい》が、たまらなくて。

「……紅羽《くう》。……いい、か？」

ほしいと言われたことが、泣きたくなるほどうれしかった。

「……うん。いれて……」

長めのキスをしながら、体勢を入《い》れ替《か》えられる。

夜光《やこう》に組《く》み敷《し》かれていて、それだけでとけてしまいそうなほど幸せで。

ショーツに掛《か》けられた手に合わせて、腰《こし》を浮《う》かせる──。

「──やあやあ、キミたち。悪いけど本番行為《ほんばんこうい》はＮＧだよ〜ん♪」

夢の時間はそこまでだった。

篠宮《しのみや》・ヴィルヘイズ・空《そら》が嗅《か》ぎつけてきたからだ。

真っ黒い円の中から転移してきた奴《やつ》は、被《かぶ》っていたハットを夜光《やこう》の頭に被《かぶ》せた。

眠《ねむ》るように、夜光《やこう》が気を失う。

抱《だ》き留《と》めてその場に横たえると、紅羽《くう》は奴《やつ》の胸《むな》ぐらを掴《つか》んだ。

「貴様ぁあッ！」

「おいおい、どうしてボクが責められるんだい？　悪いのはクーだろ。キミの身体《からだ》が男を知るのはＮＧと、そういう契約《けいやく》のはずだよね？」

「知ったことか！　私はもう——！」

「まっ、別に嫌《いや》ならいいんだけどさあ」

にやりと、本物の悪が嗤《わら》う。

「——いいの？　キミの最愛の男は、二度と目覚めなくなっちゃうけど？」

砕《くだ》けそうなほど歯を噛《か》み締《し》める。

紅羽《くう》はそれ以上何も言わず、胸《むな》ぐらから手を離《はな》した。

「はーいお利口♪　初回だし、不倫《ふりん》は見逃《みのが》してあげるよ。ボクは寛容《かんよう》な婚約者《こんやくしゃ》だからねえ？」

「……死ね。お前のその下らない嘘《うそ》で、どれだけ夜光《やこう》が傷ついたか！」

「ククッ。あれは傑作《けっさく》だったねえ。……でもその顔を見て、一番悦《よろこ》んでたのはキミだろう？」

正でもない。負でもない。

何の感情も読めない空の笑《え》みを浮《う》かべ、魔女《まじょ》は闇《やみ》の中で嗤《わら》った。

「酷《ひど》い女だよ、クーは。キミはまさにボクの——〈逆魔女《ぎゃくまじょ》〉の騎士《きし》に相応《ふさわ》しい」

「……………もう戻《もど》れ、ファ、ファイ。私は夜光《やこう》の記憶《きおく》を消しておく」

はいはい、とファイは黒円の中に姿をくらましてしまう。

紅羽《くう》は眠《ねむ》っている夜光《やこう》を膝枕《ひざまくら》して、その頭を撫《な》でた。

「……一生、離《はな》れないからな?」

沼《ぬま》のような笑《え》みを浮《う》かべて、くつくつと喉《のど》を鳴らす。

どんな手を使ってでも、前に進めないように足を引いてやる。

たとえ百人抱《だ》いたって、お前の想《おも》いは変えさせない。

「——お前が一番愛しているのは、この私なんだから」

呪《のろ》いのキスを唇《くちびる》に落として。

六条《ろくじょう》・リーズレット・紅羽《くう》は、歪《ゆが》んだ愛を彼に誓《ちか》った。


「——愛してるよ。夜光《やこう》」

了

◉渋谷瑞也著作リスト

「つるぎのかなた」（電撃文庫）
「つるぎのかなた②」（同）
「つるぎのかなた③」（同）
「つるぎのかなた④」（同）
「統京作戦〈トウキョウフィクション〉Mission://Rip_Van_Winkle」（同）
「ヒロイン100人好きにして?」（同）

本書に対するご意見、ご感想をお寄せください。

ファンレターあて先
〒102-8177　東京都千代田区富士見2-13-3
電撃文庫編集部
「渋谷瑞也先生」係
「Bcoca先生」係

本書は書き下ろしです。

電撃文庫

ヒロイン100人好《にんす》きにして?

渋谷《しぶや》瑞也《みずなり》

2024年11月10日　初版発行

発行者	山下直久
発行	株式会社KADOKAWA 〒102-8177　東京都千代田区富士見2-13-3 0570-002-301（ナビダイヤル）
装丁者	荻窪裕司（META＋MANIERA）
印刷	株式会社暁印刷
製本	株式会社暁印刷

ISBN978-4-04-916088-8　C0193　Printed in Japan

電撃文庫　https://dengekibunko.jp/

電撃文庫DIGEST　11月の新刊

発売日2024年11月8日

デモンズ・クレスト3
魔人の覚醒

著／川原 礫　イラスト／堀口悠紀子

デスゲームの舞台と化した《複合現実》からの脱出を目指す、雪花小六年一組。だが、クラスに潜む《裏切り者》の襲撃により、仲間たちは次々と石化してしまう。事態を打開するため、ユウマは再びAMの世界に赴く！

安達としまむら12

著／入間人間　イラスト／raemz
キャラクターデザイン／のん

「う、海……は、広いね」「いいよ。来週くらいに行こうか」「来週、ですか……」垂れ下がった耳と尻尾が見えるけど、こっちも準備が必要だ。水着とか。彼女に可愛いとこ見せたい気持ちはわたしだってあるのだ。

安達としまむらSS2

著／入間人間　イラスト／raemz
キャラクターデザイン／のん

安達と暮らし始めてしばらく。近々わたしの誕生日だ。「あ、チャイナドレスは禁止ね」「えっ」「あれはクリスマス用だから」二人だけの行事が増えていくのは、そう、悪くない。

魔王学院の不適合者16
～史上最強の魔王の始祖、転生して子孫たちの学校へ通う～

著／秋　イラスト／しずまよしのり

銀水聖海を守る大魔王の寿命もあとわずか――災厄の大本である《絶渦》を鎮めるべく動き出したパブロヘタラだが、新たな学院の加盟が嵐を呼ぶことに――!!

私の初恋は恥ずかしすぎて誰にも言えない③

著／伏見つかさ　イラスト／かんざきひろ

「ワタシの彼女にしてやってもいいぞっ！」高校生の姿になった夕子が、千秋に猛アプローチ。新たな恋愛実験が始まった。もちろん楓やメイが黙っているわけもなく――恋愛勝負の舞台は夏の海へ！

組織の宿敵と結婚したらめちゃ甘い3

著／有象利路　イラスト／林 けゐ

元宿敵同士だった二人は今は毎日イチャあまを繰り広げるラブラブ夫婦！　そんな彼らの次なるお悩みは――夜の営みについて!!　聖夜が迫る十二月、いまだ未経験な二人は『幸せな夜』を勝ち取れるのか？

蒼剣の歪み絶ちII
色無き自由の鉄線歌

著／那西崇那　イラスト／NOCO

死闘を終え、アーカイブを運命から解き放った伽羅森はどこか燃え尽きたような日常を送っていた。そんな彼が出会ったのは、誰にも認知されない歪みを持った少女・由良。彼女は「バンドをやりたい」と告げて……？

新作 よって、初恋は証明された。
-デルタとガンマの理学部ノート1-

著／逆井卓馬　イラスト／遠坂あさぎ

日陰の似合う男・出田槫と、日向の人気者・岩間理桜。名前を読み替えると【デルタとガンマ】。そんな二人は大の科学好き。これは科学をもって日常の謎を解く物語であり――とある初恋を証明するまでの物語である。

新作 俺の幼馴染がデッッッッかくなりすぎた

著／折口良乃　イラスト／ろうか

幼馴染と久しぶりに再会したら……胸がとんでもない大きさに成長していて!?　「ボディーガードになってよ！」と頼まれたことから、デッッッッかすぎる幼馴染と過ごすドキドキな日々がはじまった――！

新作 ヒロイン100人好きにして？

著／渋谷瑞也　イラスト／Bcoca

学園一の天才・空木夜光には深くて浅い悩みがある。それはどんな難問でも解けるのに、女心は全く分からないこと！そんな彼の元にある日突然魔女・ベルカが「100人恋に落として救え」と押しかけてきて……!?

新作 新しくできたお姉さんは、百合というのが好きみたい

著／アサクラネル　イラスト／かがちさく

親の再婚で、ある日突然義理の姉妹になった春夏と沙織。2人暮らしをする中で沙織は本百合という秘密を言い出せず、「家族」になった春夏との距離感に葛藤する。果たして姉妹のカンケイの行方は――？

【画集】
新作 かんざきひろ画集 Home.

著／かんざきひろ

電撃文庫『俺の妹がこんなに可愛いわけがない』『エロマンガ先生』『私の初恋は恥ずかしすぎて誰にも言えない』のイラストを担当するかんざきひろ氏の画集第3弾！